名／家／励／志／臻／选

意林

名家励志臻选

你不必背负全世界

NI BUBI BEIFU QUANSHIJIE

爱不怕，
想去占有，就可怕了，
有一种人生至境叫放下。

马德 著
MA DE ZHU

卸 下 负 累 ， 心 向 美 好

中国人民大学出版社
· 北京 ·

图书在版编目（CIP）数据

你不必背负全世界 / 马德著. — 北京：中国人民大学出版社，2019. 8

ISBN 978-7-300-27131-6

Ⅰ. ①你… Ⅱ. ①马… Ⅲ. ①散文集—中国—当代 Ⅳ. ①I267

中国版本图书馆CIP数据核字(2019)第144865号

你不必背负全世界

马德　著

Ni Bubi Beifu Quanshijie

出版发行	中国人民大学出版社		
社　　址	北京中关村大街31号	邮政编码	100080
电　　话	010-62511242（总编室）		010-62511770（质管部）
	010-82501766（邮购部）		010-62514148（门市部）
	010-62515195（发行公司）		010-62515275（盗版举报）
网　　址	http://www.crup.com.cn		
	http://www.ttrnet.com（人大教研网）		
经　　销	新华书店		
印　　刷	天津中印联印务有限公司		
规　　格	145mm × 210mm 32开本	版　　次	2019年8月第1版
印　　张	8　插页1	印　　次	2019年8月第1次印刷
字　　数	148 000	定　　价	39.00元

目录

<<

壹 爱出者爱返

贰 人生有素风

叁 生活对爱的最高奖赏

肆 流水时光

伍 一颗石子踢回家

壹

爱出者爱返

站在烦恼里仰望幸福

人生烦恼无数。

先贤说："把心沉静下来，什么也不去想，就没有烦恼了。"先贤的话，像扔进水中的石头。先贤甚至什么也不去想，就沉静下来了。而芸芸众生，在听得"咕咚"一声闷响之后，烦恼便又如涟漪一般荡漾开来。

真是层出不穷。

幸福总围绕在别人身边，烦恼总纠缠在自己心里。这是大多数人对幸福和烦恼的理解。差学生以为考了高分就可以没有烦恼；贫穷的人以为有了钱就可以得到幸福。结果是，有烦恼的依旧难消烦恼，不幸福的仍然难得幸福。

烦恼，永远是寻找幸福的人命中的劫数。

寻找幸福的人，有两类。一类像是在登山，他们以为人生最大的幸福在山顶，于是，气喘吁吁，穷尽一生去攀登；却发现，永远登不到顶，最终看不到头。他们并不知道，其实，幸福这座山，原本就没有顶、没有头。

另一类人也像在登山，但他们并不刻意要登到哪里，一路上走走停停，看看流岚，赏赏虹霓，吹吹清风，心灵在放松中得到某种自足。

尽管没有“大愉悦”，然而，这些琐碎而细微的“小自在”，萦绕于心，一样芬芳身心，恬静自我。

对于心灵来说，人奋斗一辈子，如果最终能挣得个终日快乐，就已经实现了生命最本质的价值。

有的人本来幸福着，却看起来很烦恼；有的人本来该烦恼，却看起来很幸福。

活得糊涂的人，容易幸福；活得清醒的人，容易烦恼。这是因为，清醒的人看得太真切，一较真，生活中便烦恼遍地；而糊涂的人，计较得少，虽然活得简单粗糙，却因此觅得了人生的大滋味。

所以，人生的烦恼是自找的。不是烦恼离不开你，而是你撇不下它。

这个世界，为什么烦恼的都有。为权，为钱，为名，为利，人人行色匆匆，背上背着这个沉重的行囊，装得越多，牵累得也就越多。

几乎所有的人都在追逐着人生的幸福。然而，就像卞之琳

《断章》诗所写的那样，我们常常看到的风景是：一个人总在仰望和羡慕着别人的幸福，一回头，却发现，自己正被别人仰望和羡慕着。

其实，谁都是幸福的。只是，你的幸福，常常在别人的心里。

简单与复杂

这个世界其实很简单，只是人心很复杂。

其实，人心也很简单，只是利益分配很复杂。

桌上有一堆苹果，人们并不在意这堆苹果有多少，而是在意分到自己手里的有多少。单位里有一摊子事，人们并不在意这摊子事有多少，而是在意自己多干了多少。人类有大智慧，因为对得失斤斤计较，最后都变成了小聪明。

人与人之间的关系其实很简单，由于利益分配很复杂，才有了尔虞我诈，才有了勾心斗角。纷繁的尘世其实也很简单，由于人类情感很复杂，才有了书剑恩仇，才有了离合聚散。

人生之简单，是生命巨画中的几笔线条，有着疏疏朗朗的淡泊；是生命意境中的一轮淡月，有着清清凉凉的宁静。

人生之复杂，是泼洒在生命宣纸上的墨迹，渲染着城府与世故；是拉响在生命深处的咿咿呀呀的胡琴，挥不去嘈杂与迷惘。

天地有大美，于简单处得；人生有大疲惫，在复杂处藏。生活中常有大情趣，一定是日子过得很简单；生命常得大愉悦，一定是心灵纯净到不复杂。

人，一简单就快乐，但快乐的人寥寥无几；一复杂就痛苦，可痛苦的人熙熙攘攘。这反映出的现实问题是：更多的人，要活出简单来不容易，要活出复杂来却很简单。

这个世界，每天都充斥着利益的调整与分配。人，每天都被各种复杂的心情左右着、操控着。科技发展到现在，我们利用它几乎可以做到一切，譬如可以准确地登上月球、可以超远距离发射火星车去观察火星、可以对一周的天气做出预报，却无法知道下一刻会拥有怎样的心情。

说到底，科技掌控的是客观，是理性；而人，却是主观的、感性的。而主观与感性，像小孩子的脸，像恋人的情绪，像六月的天，是最不容易捉摸与掌控的。

人，小时候简单，长大了复杂；穷的时候简单，变富了复杂；落魄的时候简单，得势了复杂；君子简单，小人复杂；看自己简单，看别人复杂。这不由得让我想起顾城的那首诗："你，一会儿看我，一会儿看云。我觉得，你看我时很远，你看云时很近。"简单与复杂之间，也有这么一层迷蒙的关系，上一刻远离了简单，下一刻就要靠近复杂，而这一刻，不知是远离了简单，还是靠近了复杂。

一眼望到底的，似乎很简单。一口百年古井，幽深、澄澈，也可以一眼望到底，但这口古井，本身却并不简单。人也一样。有时候，一个人可以一眼望到底，并不是因为他太过简单，不够深刻，而是因为他太过纯净。一个人，有至纯的灵魂，原本就是一种撼人心魄的深刻。这样的简单，让人敬仰。

有的人云山雾罩，看起来很复杂，很有深度。其实，这种深度，是城府的深度，而不是灵魂的深度。这种复杂，是险恶人性的交错，而不是曼妙智慧的叠加。

人生，说到最后，简单得只有“生死”两个字，但由于有了命运的浮沉，由于有了人世的冷暖，简单的过程才变得跌宕起伏、纷繁复杂。

简单，是生命留给这个世界的美丽手势；而复杂，是生命永远无法打捞的苍凉梦境。

交往的距离

交往的质量在于距离。

在友谊的框架内，你第一个想起的人，一定是最好的朋友。当然，他若第一个想起的也是你，那么，你俩一定是两心相悦的至交。

你会发现，你与那个一辈子都要好的朋友之间，是有距离的。这个距离，不远，也不近，不疏，也不密，是一颗心对另一颗心的不绝欣赏，是一段情对另一段情的永久仰望。

交往过度其实是很致命的。这有点儿像吃饭，无论多么顺口的珍肴，也是不能总吃的。胃不会感知什么，但一颗敏感的心，早已变得挑剔、厌烦。人的感情亦如此，交往到了这时候，极平常的一句话，极微小的一件事，都会引起交往的一次海啸。

是的，山珍海味也有吃腻的时候。在交往的理想结果上，你不要期待永远的如胶似漆，能不断地接近与契合，就够了。

平素间，推杯换盏、称兄道弟、鞍前马后、阿谀逢迎的人不是朋友，是利益的结合体。超出常情的亲密无间，不是在交往，是在勾结、在利用、在狼狈为奸。这样的结合体，聚得快，散得也快，刚才还好得一塌糊涂，转眼间，就可以翻脸到分崩离析。

费了心思的交往，叫周旋，累；耍了心机的交往，叫算计，阴。真正的交往，是至简至真的，一扇春天的门开了，一扇含笑的门阖上，然后，天地淡然。

如果一个人一辈子都没有与别人真正交往过，不是孤高自傲太过超脱，就是品性卑琐不被人所容。当然了，若许多人都是你结交的朋友，恐怕，更多的是狐朋狗友。佛无至爱，只有众亲。我们不是佛，我们的心里，一辈子真正接纳的，只会是有限的几个人。更多的，都成了我们生命中的匆匆过客。

交往的质量，在一定意义上成就着生命的质量。

“竹林七贤”之一的山涛，投靠司马氏之后，平步青云。有一次，他想推荐同为“竹林七贤”的好朋友嵇康做官，嵇康觉得自己高洁的情操与志向受到了凌辱，于是，愤怒地给山涛写了一封信，这就是历史上有名的《与山巨源绝交书》。就这样，嵇康与好友山涛渐行渐远，却因此在魏晋名士中成就了独一无二的名声。

我觉得，最好的交往，不是双方有意识地吸附与黏合，而是彼此间无意识地渗透与融入。吸附与黏合，常常怀有目的性和功利欲，或含蓄，或浓烈，总之，看起来，有些心怀鬼胎。而渗透与融入，则不然。云淡风轻的，风倏忽间来，云恬淡着去，无欲无求，则是心灵最真挚的碰撞，是情感最纯净的需求。

历史上，俞伯牙与钟子期，高山流水，贵为知音。钟子期死后，俞伯牙黯然地把琴摔了。也许，在他看来，世界再美的乐声，如果无知音来赏，不如任天籁的香魂归去，让它成为绝唱。

拿什么来颠覆人生

我觉得，人生至境，不外乎两个：一个是知道，一个是知足。

知道，让人活得明白；知足，让人活得平和。

你的内心有多复杂，这个世界就有多复杂。

也就是说，你简单了，这个世界也就简单了。

快乐淡而易逝，像风过疏林，像岚走村寨，像云散岫峦。

从踪迹上看，那些琐碎的快乐，像留在雪地上的印痕，最不容易在心底留下。这多多少少又有点儿像感冒。一个人，一生要感冒好多次，又有谁，记住过一次刻骨铭心的感冒？

人生最美的风景，不是得到多少，而是得到多少都不在乎。

是的，一颗平常心，不会是对抗潜伏在生活中的那些城府、机关、权谋、陷阱的利器，却是降解人生苦痛、营造平和心境的良药。

有的人，只在你的生活中存在了几分钟，就让你一辈子都忘不了。

有的人，与你共事一辈子，你一转身就可以把他忘得干干净净。

这个世界的无奈之处在于，你可以有无数的熟人，却难得一个契合心灵的知己。

有时候，钱比人来得实在。

在最要紧的时候，你把它花在刀刃上，它就立竿见影，帮你的忙，不虚伪，不拿捏，不刁难。钱的最大好处就是，你可以随便利用它，它却永远不算计你。

随波逐流的人是没有主见，自以为是的人是太有主见。

但我更喜欢随波逐流的人。

因为，随波逐流的人最多走向平庸，而自以为是的人常常走向固执。

平庸带来的最多是一个人的悲剧，而固执往往会给一群人带来悲剧。

一个学生问我："老师，社会中一些阴暗的东西，总是留存在我的心里，挥之不去，我该怎么办？"

我说："你不要把它扔掉。如果你真的把它扔掉了，你自己是轻松了，可是，你从此会丢掉一个人活在这个世界上最重要的东西——责任。"

人情，是温暖的东西，也是最坏的东西。

规矩、制度、法令，这些看起来无懈可击的游戏规则，一旦遇上人情，立刻会在某一个链条上土崩瓦解。

再完美的游戏规则，在一个太讲人情的社会里，都会是纸糊的规则。因为，人情原本是一潭深不见底的水，更多的时候，它不动声色，摧毁的却是这个世界最严密、最坚固的东西。

我不担心尘世间有仇怨。我只担心没有超越仇怨的智慧。

当然了，不是谁都能相逢一笑泯恩仇的。但没有谁不在智慧的引领下，消除恩怨，言归于好的。

说到底，仇怨是没有智慧的人结下的，只能靠有智慧的人来解决。

爱一个人和恨一个人，都会伤筋动骨的。

这个尘世，有人在爱，有人在恨，爱的人爱得死去活来，恨的人恨得痛彻肺腑。从表面上看，尘世似乎不痛不痒，清风一阵，润雨一阵，在波澜不惊中，一天又一天地过着。

但爱与恨，是缝合在尘世这件棉衫上的针脚，一针暖，一针凉，暖的和煦，凉的沁凉，暖暖凉凉中，这个尘世便有了珍贵的温度。

对有距离的东西，我们总是豁达的。

譬如，隔着时光回望过去，我们的胸襟最阔大，似乎没有理解不了的事，没有宽容不了的人。然而，一拿到当下，便小肚鸡肠起来，争利益寸土不让，逢仇怨睚眦必报，谈得失锱铢必较。

站在大胸襟肩膀上的，是大智慧；窝在小肚鸡肠里的，只会是小聪明。

与生活讲和

在较量上，我喜欢看大智慧的博弈。

像大侠出招，大气深蓄，巨势暗敛，拈髯谈笑间，胜负的尘埃便寂然落定。在这样的博弈中，我看到的是人生的美——沉静、恬淡，雍容，而又举重若轻。

相比较来看，小聪明的比试，更像是花拳绣腿，一招一式间，展露的都是人性的短处。它们呈现给世界的，是庸俗、丑恶，甚至是肮脏。这个世界无聊的热闹和琐碎的动静，都是耍小聪明的人制造的。

在智者那里，我们听到的，只有天籁。

我们在意的事情太多。

加晋在身上的职位，我们太在意谁的高、谁的低；摊在面前的事，我们太在意谁干的重、谁干的轻；分到手里的东西，我们太在意谁得到的多、谁得到的少。弊病太大，矛盾太多，头绪太杂，人心太乱，总之，一句话，大多数人私欲太强。

我们穷怕了、苦怕了，当我们看不到将来，心底的恐慌无法消解的时候，自私就会甚嚣尘上，占据我们的心灵。

金钱、权力、荣耀，不是幸福指数的代表。

幸福的天平所称的，只是灵魂的质量。

而灵魂的质量只包含两个方面：心灵的自由和高贵。

所以，一个一辈子都让自己的灵魂委曲求全的人，无论他有多少钱、有多高的权力、有多大的荣耀，都不会是一个幸福的人。

专制，是一种暴力。冷漠，是一种软暴力。

人情，是所有暴力的敌人。一个讲人情的社会，看起来，言行和顺，民主自由，到处荡漾着温暖人心的力量。

但人情是规则和制度的大敌。一个太讲人情的社会，所有的制度最后都会被瓦解成一个空壳，而民主和温暖，只好在这个空壳上走向崩溃。

我见过利益的集合体。

也就是说，人世间某一撮人的聚合离散，好多都是利益的聚合离散。“哗啦”一下聚在了一起，又“哗啦”一下四散了去。他们在公共场合里称兄道弟，热情地相拥，热烈地谈笑，热闹地推杯换盏，热心地嘘寒问暖，却又各自心怀鬼胎。

一根根利益的枝条上，站满了各色虚情假意的雀子。生活的大幕上，不会留下它们苍白的歌唱。

所有的奋斗在路上，所有的追逐在路上，所有的成功在路上，所有的失败在路上，所有的荣耀在路上，所有的阴谋在路上，所有的恩宠在路上，所有的陷阱在路上，所有的诱惑在路上，所有的沉沦在路上，所有的得意忘形在路上，所有的失魂落魄在路上，所有的踌躇满志在路上，所有的折戟沉沙在路上。

我们把鞋交给路，把脚交给路，把汗水交给路，把智慧交给路，把生命交给路，把灵魂交给路。我们把人生的一切交给路。

我们越走越远了，远得——已经看不到自己。

炎樱说：“每一只蝴蝶都是一朵花的灵魂，回来寻找它自己。”

我想说的是，如果生活哪一天突然空降给我们一个并不世俗的别致想法，不要辜负它，或许，它就是化了蝶的灵魂，它要引领我们，找回从前的自己。

爱出者爱返

有一句话，如林间的幽风，能拂醒人的善念；有一句话，如山涧的清泉，能荡涤出人的佛心。

有一句话，初见，会撼魂动魄；有一句话，出口，能一语惊心。这一生，即使你啖糟啜醨，有这句话挂在嘴边，也会唇齿留香；这一生，即使你迷失了所有的方向，把这句话记在心上，依旧会找到温暖和幸福。

这句话就是：爱出者爱返，福往者福来。

爱是生命的缘起，也是最终完美的归宿。人生从爱出发，并能一路与爱相伴，生命就会获得本质的诗意和快感。所以，你尽可以把尘世的一切浮华都丢了，把一切羁绊都扔了，但你一定要把这句话挂在嘴边、铭记在心上。

一粒种子交给大地，大地会长出一片绿色。一片云彩依偎在天空，天空会带来丰沛的降水。万物把萌发的心愿交给世界，世界便呈现给它们盎然与蓬勃。是的，你把爱拿出来，一定也会得到爱的馈赠；你把福带给别人，一定也会得到福的恩宠。

爱出者，才能爱返；福往者，方能福来。

有时候，爱不马上报答你，是想让你在等待中，获得意想不到的惊喜。有时候，福会变换一种方式降临，是想让你感受它的博大与丰盈。

爱，其实很简单，就是尘世间人与人的呵护、帮助和扶持。福，其实也很平凡，就是屋檐下一家人的和美、团圆以及平安。爱，像一条条温柔的紫藤，温暖，就是温柔与温柔的缠绕。福，像一颗颗斑斓的五彩石，温馨，就是斑斓与斑斓的相拥。

天堂与地狱，只有一个字相隔，那就是“爱”。有爱的地方，就是温暖的天堂；无爱的地方，就是冰冷的地狱。所以，只要你能为他人拿出爱，你能为别人送去福，这个世界，就到处都是温暖的天堂。

岁月大河奔流，世事变幻无常。人世间的好多东西，都经不住时间的推敲。海未枯、石未烂，便轻易不见了山盟海誓。名已得、利到手，却再难找到心底的快乐。外在的这一切都不会停留太久。一转身，誓言可以散去；一转眼，繁华可以不再。只有用爱换来的爱，才会长久；只有福反哺来的福，才会永恒。

爱出，一个“出”字，就是要懂得付出；福往，一个“往”字，就是要学会给予。付出，是这个世界和谐的韵脚；给予，是这个世界美丽的底色。馨香终归会报答馨香，有了这和谐的韵脚，爱返，只能是爱出的必然结果；芬芳终归会感恩芬芳，有了这美丽的底色，福来，只会是福往的最终结局。

爱出者爱返，福往者福来。一句智慧的禅语，包含着人生全部的真谛。

善良最能温暖世道

善良是挂在心底的一轮澄澈的明月，它照亮的，是一个人精神的天空。

一个一辈子行善的人，心底的月亮，已经超越了个人，升起在尘世寥廓的江天之上。它洞照的，是这个世界所有人的良心，以及灵魂的纯度。

这样的大善，看起来似乎只是对被救助者境遇的改变，实际上，它改变的是所有沐浴在月色中的人的心灵。

善念是一粒种子，善心是一朵花，善行是一枚果实。

每个人生下来的时候，都怀揣着这样一粒种子，它可以为一个人的一生开出最富人情味的花朵。然而，有的人丢弃了它，逐渐变得冷漠；有的人玷辱了它，最后走向邪恶。

更多的人，内心都要散发出花的幽香，或恬淡，或浓郁，丝丝缕缕，飘散的，都是人性的芬芳。

善行的果实里，藏着这个世界最深沉的厚道，以及最醇厚的温暖。生命的花园中，如果每一粒善念的种子，一心想着为他人结出温暖的果实，那么，这个世界必将是一个和谐有序的世界。

人与动物永远隔着一条不可逾越的鸿沟——人性。

这也是人与动物最根本的区别。从这个意义上讲，人类的尊严，是靠人性来支撑的。而在人性的体系中，善良是从精神的原点出发的坐标，它所架构的，是人的高贵。

没有谁不需要善良。也没有谁，不被善良感化。

即便是自私的人，尽管自己不愿为别人拿出善和爱来，却也希望在交往中，得到别人的善的呵护与抚慰。

一颗坚硬如铁的心，即便是坚船利炮也可能攻不破、打不败，但有时候，一丝善良就可以把它温柔地感化。

夜晚的天幕上，缀满无数的星星。

这些星斗与我们相隔千万里，遥远得我们永远无法触及。然而，每个晚上，一转身，一举首，我们总能看到它们那熠熠的光辉。

善良的人的内心就像这星斗。他们远离喧嚣，蛰伏在寂静的远方。然而，这并不妨碍他们关注尘世。天上每一缕闪耀的星辉，都是善良的人投向尘世的不灭的悲悯目光。

善行的大小，并不取决于你拿出了多少金钱、干出了多么轰轰烈烈的事情，而是取决于对所施救的人境遇的改变以及对这个生命的最终影响。

从这个意义上讲，尽管你拿出的只是一元钱，只是一个关爱的眼神，所行的依然是人间大善。

最高境界的行善，是不在意结果的。

也就是说，你施救于一个人，没必要苛求对方感恩；你帮助一个人，没必要等着对方报答。毕竟，行善不是往银行里存钱，所以不要想着连本带利的回报。

当然了，善良也有被欺骗、被利用的时候。譬如，捐钱给一个落难的人，对方却是一个以行乞为生的骗子；救助一个倒在路上的老人，却被家属无理赖上。这都是人性的恶在为非作歹，这不是善良的过错。

行善，永远不会错。

你拿出爱心来，无论给了什么人，无论最后是个什么结果，本质上，你都是一个天使。

仁爱之道

进山去拜会一位长者，求问仁爱之道。

小路明灭几许，遥接山深处。半山腰上，伏两间小屋、半道篱笆，院落如磨盘大小，有几，有壶，有茶，老者眉髯皆白，仙风道骨。

老者说：“善在人心，自生仁爱。然仁爱显世，却薄厚有别。”

正说话间，有两只燕子从田野归来，斜穿朱户，在屋梁间呢喃嬉戏。老者仙手一指，说：“就拿燕子作比吧，你看这燕子，一个人若知道这是燕子而不去害它，心底便存有了仁爱之意。当然了，如果这个人进而接纳了它们，准许它们在梁间衔泥筑巢，便是生了仁爱之心。”

宾主把盏轻啜，几番起落。

老者感叹说："这时候的仁爱之心，像落地的种子，既可能生根发芽，盎然长成一片苍翠，也可能落地无根，从此了无声息。一切，全在于心底有多深的善。"

老者正襟危坐，问道人伏身倾听，无限豁然开朗之意。

老者接着说："再进一步，如果午休的时候，这个人不把燕子的呢喃听成聒噪，就有了仁爱之志。"

"当然了，这些也并不算难。"老者说，"重要的是，燕子有时要把粪便拉在屋堂之内，肮脏难堪，这就很考验一个人的心性了。如果这个人总能平心静气，把地上的粪便清除，心底不厌恶、不嫌弃，就有了仁爱之爱。"

问道的人恍然大悟，以为得了仁爱之道，满脸欣然，脱口道："我明白了，最大的仁爱，其实就是在施爱时，心底的一种平心静气的态度。"

老者摇摇头，放眼远山，默然不语。

远山染翠早，孤云独去闲。

一番心骛神游之后，老者淡然道："其实，最大的仁爱，是在燕子飞走之后，你牵挂它的劳苦，挂念它的安危，你的心能够随它一起飞走……"

澎湃的物质年代

看起来，富人比穷人更需要钱。

穷人只有在需要的时候，才想起钱。而富人未必需要，却时时刻刻惦记着钱。所以，穷人只是偶尔被钱所困，而富人是常常被钱所困。

金钱是人类永恒的鸦片。穷人拿来治了病，富人成瘾致了病。

我们要怀着敬重的心情去仰望淡泊金钱的圣人，但并不意味着一定要鄙视见钱眼开的俗人。

钱没有错。同样，只要取之有道，爱钱的人也没有错。

金钱不会改变一切，但一切会在金钱的作用下发生改变。就像风从门缝里吹进来，看上去，风没有吹翻屋子里的什么，但时间久了，所有的器物上、墙壁上都蒙上了灰尘。

这就是钱的作用。它无孔不入，影响无处不在。它既是温暖的，又是冷酷的；既是柔软的，又是坚硬的；可以拯救，也可以摧毁；可以聚拢，也可以拆散。

我们所看到的是：因为有了钱，一个辍学的孩子最后学有所成，改变了自己的命运；因为有了钱，一个和睦的家庭最后分崩离析，妻离子散。

富人要表现自己的仁慈与善良，拿出钱就可以了；穷人也要表现自己的仁慈与善良，他们没有钱，只好拿出一颗心。

穷人理解不了富人的吝啬，觉得他们为富不仁。富人想不通穷人的贫穷，觉得他们活该受穷。所以，古有杀富济贫的人，今有仇富的人，穷人和富人是永恒的对立体。

不要蔑视所有巴结富人的穷人。他们当中，有的上有父母需要赡养，下有儿女需要抚养，不要去苛求他们，让他们去舍生取义。这些忍辱负重的心灵，需要我们去尊重。

金钱，会快慰人的内心。

农民用自行车带着4只兔子进城，卖掉兔子可以得几十块钱，会高兴得满脸笑纹；商人在谈判桌上签一个合同，得一笔巨款，也会高兴得意气风发。不同的是：让农民愉悦的，是有了能够维持生计的钱；让商人满足的，却只是一串增长的数字。

有的人对钱的追慕，到了疯狂占有的程度。要这么多钱，到底要干什么？有什么用？这些人，也会在心底不断地这样追问自己。不过，他们一边追问，一边仍不断疯狂地追逐。

对金钱，他们会迷惑，但依旧迷恋。

你可以拥有它，但不可能永远占有它。这是金钱给予人的朴素的道理。

花会谢，叶会落，烟云会散，钱也一样。世上的悲欢离合，书剑恩仇，大都和钱有关。聚散之间，便有了跌宕起伏的人生。

一块甜美的糖果，你刚刚含在嘴里，却一不小心掉在了地上，你在遗憾之余，仍旧怀着对糖果的甜美感受。

这也许该是对金钱最恰当的态度吧。

“散步”的心灵

一天，哲学家率领诸弟子走到街市上，整个街市车水马龙，叫卖声不绝于耳，一派繁荣、兴隆的景象。

走出一程后，哲学家问弟子：“刚才所看到的商贩当中，哪个面带喜悦之色呢？”

一个弟子回答道：“我经过的那个鱼肆，买鱼的人很多，主人应接不暇，脸上一直漾着笑容……”弟子的话还没有说完，哲学家便摇了摇头，说：“为利欲的心虽喜却不能持久。”

哲学家率众弟子继续往前走，前面是一大片农家，鸡鸣桑树，犬吠深巷，三三两两的农人来回穿梭忙碌着。哲学家打发众弟子四散了去。过了一段时间之后，哲学家又问弟子：“刚才所见到的农人之中，哪个看起来更充实呢？”

一个弟子上前一步，答道：“村东头有个黑脸的农民，家里养着鸡鸭牛马，坡上有几十亩的地，他忙活完家里的事情，又到坡上侍弄田地，一刻也不闲着，始终汗流浃背。这个农民应该是充实的。”哲学家略微沉吟了一阵子，说：“来源于琐碎的充实，终归要迷失在琐碎当中，也不是最充实的。”

一行人继续往前走，前面是一面山坡，坡上是云彩般的羊群。一块巨石上，坐着一位形容枯槁的老者，怀里抱着一杆鞭子，正在向很远的远方眺望。哲学家随即止住了众弟子的脚步，说：“这位老者游目骋怀，是生活的主人。”众弟子面面相觑，心想：一个放羊的老头，可能孤苦无依、衣食无着，怎么能是生活的主人呢？哲学家看了看迷惑不解的众弟子，朗声道：“难道你们看不到他的心灵在快乐地散步吗？”

是啊！真正自由而尊贵的生命，是懂得让心灵“散步”的生命。正像哲学家所解释的，金钱不会给我们带来持久的愉悦，琐碎的生活也常常会迷失和束缚了我们的手脚，只有让生命卸去一切挂碍，抛开一切羁绊，止去自由，浮沉无我，让灵魂在平旷的四野，自在而放松地漫步，活出的才会是诗意的人生啊！

也许有时候，这个生命会陷于物质的困顿，精神的外围也是一片平庸，可是他却懂得时时刻刻去放逐自己的心灵，化成一片散淡的云，自由地飘在空中；化成一叶扁舟，轻松地飘在水中。因为他知道，只有拥有了心灵的自由和轻松，生命才从本质上获得富有和尊贵。

也就是说，一个人只有在心灵“散步”的时候，才让疲惫的生命真正地回了家！

生活无言

一场大雨引发了泥石流。一处山梁上，大片的绿色都被冲刷走了。

一朵暗紫的花，侥幸存了下来。那朵花真小啊，绽放在同样小小的一枝茎蔓上，被一丝细如纤发的根须牵系在地表上，随时都可能被一阵风刮跑。

雨后的第二天上午，一个小女孩蹦蹦跳跳经过此地，她一眼就发现了这朵可爱的花。她掬起一捧土，轻轻地压在了花的根上。

来年春末，当女孩再经过这里的时候，她发现，一大片这样暗紫的花开放在坡上，随风摇曳着，格外美丽。

父亲病重的那一年，上午输完液后，就在家里干一些力所能及的活，或者为地里劳作的母亲准备下一顿饭，或者打扫打扫屋子，即便是这样轻微的活，也要干一会儿，就歇上一大阵子。

家里积攒了许许多多青霉素的塑胶瓶盖，堆积在箩筐里。父亲忙完活后，就开始谋划着用这些瓶盖为家里做一个搓洗衣服的板子。父亲一边做，一边思忖着如何利用这些塑胶瓶盖不同的颜色，在这块板子上排列出一个字形来。父亲常常做到一半的时候，觉得字形并不好，就拆了，然后又做，再拆，再做……断断续续地，一直到他快不行的时候。

那块板子最后还是做成了。父亲在他生命的最后时刻，在那块板子上，为活在世上的儿女们留下了一个字：福。

在我所居住的楼下，有一棵柿子树。由于大楼挡住了阳光，一天当中，接受日照的时间很短，再加上四周全是厚厚的水泥地面，没有多少营养渗入地下去，所以它的长势很不好。

但它还是顽强地发了芽，枝丫间也生了不少的叶子，郁郁葱葱的。夏末的时候，一个老师端详了半天，唏嘘感慨着说："活是活下来了，可是已经挂不了果了。"来来去去的人也附和、感叹着："是啊，看来只剩下活下来的勇气了。"

一个秋末的早上，人们急匆匆地去上班。大家发现，树底下，一个柿子摔裂在地上，一副熟透的样子。

一位学生家长来看自己的孩子。

他把女儿叫到了校门外，父女俩躲在树荫下，父亲先取出了一块塑料纸，铺开，然后又取出一个布包，层层打开，是一个铝质的饭盒。掀开饭盒，是白白亮亮的饺子，似乎还散发着家的温暖。父亲微笑着把饭盒放在女儿面前，便沉默着不说话，蹲在那里，看着一样蹲在那里的女儿极细致地吃。

那天，头顶的太阳热辣辣的，旁边道路上车水马龙，行人纷纷驻足往这边瞧。女儿吃了多长的时间，没有人知道，然而女儿吃了多长时间，父亲就专注而欣赏地看了多长时间。那天看到这一幕的人，都说那个父亲的目光，是他们那天看到的最美的风景。

也许，生活并没有痛苦

法国纪录片《微观世界》中有这样一个场景：

一只屎壳郎，推着一个粪球，在并不平坦的山路上奔走着。路上有许许多多的沙砾和土块，然而，它推的速度并不慢。

在路正前方的不远处，一根植物的刺，直挺挺地斜长在路面上，根部粗大，顶端尖锐，格外显眼。也许是冥冥之中的安排，屎壳郎偏偏奔到这个方向来了，它推的那个粪球，一下子扎在了这根“巨刺”上。

然而，屎壳郎似乎并没有发现自己已经陷入困境。它正着推了一会儿，不见动静。它又倒着往前顶，还是不见效。它还推走了周边的土块，试图从侧边使劲……该想的办法它都想到了，但粪球依旧深深地扎在那根刺上，没有任何出来的迹象。

我不禁为它的锲而不舍好笑，因为对于这样一种卑小而智力低微的动物来说，实在是不会解决好这么大的一个“难题”的。就在我暗自嘲笑它，并等着看它失败之后如何沮丧离去时，它突然绕到了粪球的另一面，只轻轻一顶，骨碌一下，顽固的粪球便从那根刺里“脱身”出来。

它赢了。

没有胜利之后的欢呼，也没有冲出困境后的长吁短叹。赢了之后的屎壳郎，就像刚才什么也没有发生过一样，几乎没有做任何的停留，就推着粪球急匆匆地向前去了。只留下我这样的观众，在这幕场景面前痴痴发呆。

也许在生活的道路上，它已经习惯了这样的场景；也许它活着，根本不需要像人一样，需要许许多多的智慧；也许在它的生命概念中，根本就不懂得输赢。推得过去，是生活；推不过去，也一样是生活。

由此想来，也许生活原本就没有痛苦。人比动物多的，只是计较得失的智慧，以及感受痛苦的智慧。

生命常常因相拥而美

由法国著名导演雅克·贝汉拍摄的纪录片《微观世界》，记录的都是一些昆虫的故事。而正是这些生活在我们身边并被我们所熟知的昆虫，给了我们心灵太多的震撼。

有这样一个片段，让人经久不能忘记：

两只蜗牛，在一条路上相遇了。也许，这是一次美丽的邂逅。一只蜗牛伸出了触角，在另一只蜗牛面前舞动了一下——只是轻轻地舞动了一下。大概另一只蜗牛看出了它的问候，也伸出触角来，轻轻地舞动了一下。接着，最美的画面便开始出现了：一只蜗牛从坚硬的壳里探出身体来，另一只蜗牛也从坚硬的壳里探出身体来。初始的时候，它们尝试着一点点接近，继而开始交错，重叠，缠绕。在明亮的光线照耀下，它们白亮而又晶莹剔透的身体很快便相拥在了一起。一会儿若即若离，一会儿又合而为一，像久别重逢的情人，又像他乡相遇的故交，或缠绵，或抚慰，或倾诉，或聆听，身体与身体相触，心灵与心灵融合，两个生命水乳交融地融合在了一起。

这一幕场景足足持续了几分钟。如果你也看过这部纪录片，一样也会为这世间至美的画面所叹服。是啊！当一个生命个体冲破心的壁垒，不抱目的，不为私利，与另一个同样目的纯粹的生命个体相遇，乃至相拥时，生命就会焕发出它原本纯净而绚丽的光芒。这个世界太多的生命活得太累了，为权力钩心斗角，为利益鱼死网破，忙着去争斗、去获取，却拿不出时间来与相知的人促膝交谈，与相爱的人深情相拥，最终憔悴在自己的心路上，从而让人生的里程缺失了生命最本质的光华。

相拥的生命是美的。一个小孩问妈妈："为什么电视里的叔叔和阿姨分别的时候要拥抱，回来的时候还要拥抱呢？"妈妈说："那是因为要让对方感觉到自己的心跳。"小孩又问："为什么要让对方感觉到自己的心跳呢？"妈妈说："因为'怦怦怦'的心跳声里，藏着彼此的牵挂啊！"

实际上，这相拥中，所包含的何止是牵挂啊！分别时的依恋，旅途中的思念，雨来时的焦躁，风停后的等待，无法割舍的关怀，绵绵不绝的爱，尽在这深情的一拥之中。爱可以让任何生命的宴席丰盛，同样，也可以让相拥的生命个体彰显出迷离的美来。

这个世界上，没有一个生命可以孤立地活下去，只有在与另一个生命的相拥中，我们才能感受到生命最本质的温暖。

打开心窗

有好多天了，慧能小和尚独坐寺内，郁闷不语。

师父看出其中玄机 ，自也不语，微笑着引领弟子走出寺门。

门外，是一片大好的春光。

师父依旧不语，怀抱春光，打坐于万顷温暖的柔波之上。

放眼望去，天地之间充盈着清新、半绿的草芽，斜飞的小鸟，动情的小河。慧能小和尚深深地吸了口气，偷窥师父：师父正安详地打坐于半山坡上。

小和尚有些纳闷，不知师父的葫芦里到底卖的是什么药。

过了上午，师父才起来，还是不说一句话，只一个手势，领着弟子回到寺内。

刚入寺门，师父突然跨前一步，轻掩了两扇木门，把小和尚关在了寺门外。

小和尚不明白师父的意旨，径自坐在门前，半天纳闷不语。很快，天色就暗了下来，雾气笼罩了四周的山冈、树林、小溪，鸟语、水声也渐次变得不明朗起来。

这时，师父在寺内朗声叫他的名字。进去后，师父问："外边怎么样了呢？"慧能答："全黑了。""还有什么吗？""什么也没了。"慧能又回答说。

"不。"师父说，"外边还是清风、绿野、花草、小溪，一切都还在。"

慧能突然顿悟，明白了师父的苦心，这些天笼罩在心头的阴霾也很快一扫而空。

人生往往如此，有的人活得很黯淡，并不是因为他的生活中没有春光，而是黯淡的心境早已把所有朝向春光的窗户悄然关上。

孤独

孤独是痛苦的灵魂在尘世中诗意的栖居方式。

所以说，孤独是一种痛苦的境界，也是一种诗意的境界。徐无鬼先生有言云，凡能够忍受孤独或者是享受孤独的人，都是灵魂的强劲者。人类社会发展至今，如鸟集蚁聚，成群结伙，涌向城市，形成人山人海、万头攒动之势，那并不是显示着人的强大，恰是暴露了个体的怯懦和无能。只有孤独者，或静处一室，或独行深山，才凸显着人寂静的力量和宏大的精神境界。

从表面上看，孤独者似乎远离喧嚣的尘世，超然于物欲之上。但从本质上推敲，孤独者并不是远离尘世，而是换一种方式去亲近尘世。

真正孤独的人意识不到自己，感到自己很孤独的人其实很孤单。以天才自居的孤独者实际上很孤傲。

孤独者未必是衣袂飘举的隐士，也未必是浪迹江湖的圣贤。他们大都平凡，可能蹲在地垄里，也可能伏在办公桌上，同样洗衣，同样烧饭，他们都活在人间烟火中。他们在平凡中超脱，在朴素中升华。

孤独者都是精神的独行侠，一个人在苍凉的大漠上踽踽独行。孤独者一般难有知音，于是刘勰仰天长叹曰：“知音其难哉，音实难知！”孔子说：“道不行，乘桴浮于海。”这都是他们在孤独中发出的寂寞叹息。

孤独者是沉默的，他们在沉默中享受着内心的安宁。孤独者同这个世界的抗争，就是要世界归还其应有的寂静。梵高就是孤独的，当他放下画笔、举起手枪，他就向那个世界要回了最长的寂静。

孤独者在沉默中爆出生命的绝响，在沉默中捍卫着生存的尊严。

把自己隐在深山，你孤独不了；把自己掩在古刹，你孤独不了。把躁动的心平静下来，你就孤独起来了。从躁动走向平静，才使你真正从本质上完成了自隐。孤独是一种壮美的悲剧，也就是在孤独中，你才能领悟或审视到在热闹中得不到的东西。

世人，并不愿意去接近孤独者。孤独者大都表现得孤僻，在世人眼里，这种孤僻简直就是孤傲。其实，这是一种人生原则与人生哲学的碰撞与排斥。当孤独者与芸芸众生和谐地融为一体时，孤独者孤独的品位也就消失了。

孤独者并非精神无所寄托而孤独。相反，孤独者的内心世界是博大的、丰富的。他们以自语的方式与内心交流、与自然交流、与世界交流，以寂静的外部特征裸呈于世。在平淡中真实，在真实中平淡，这就是率真的孤独者。

恰恰是那些在物欲中奔波、在舞步间潇洒、在牌桌上痛快、在酒楼中逍遥的人，生活看似充实，却个个都是精神世界的“穷光蛋”。

孤独是无法刻意追求的。你自作矫饰，成不了孤独者；你走出千里万里，也成不了孤独者。而人生的一件大事抑或生活中的一件小事对你的触动，都有可能使你醍醐灌顶、大彻大悟，成为一个真正的孤独者。

审视

审视自己。

就像浩瀚的大漠审视变幻的苍穹，就像残败的古堡审视沉重的背影，就像垂暮的老者审视多舛的命运，就像壮美的江山审视变迁的历史。

审视，是一种至美的品质，是从生命的地层散射出来的人性的辉光。懂得审视的生命是清醒的，它能让自己始终站立在世事的浪尖上，而不被生活的暗流吞没。

没有审视，就难有发现。在痛苦中审视，你会发现孤独的自己；在闲适中审视，你会发现空虚的自己；在奋进中审视，你会发现无知的自己；在安逸中审视，你会发现沦落的自己。

审视自己，就要把自己全方位地展开，做一次灵魂的大检阅，然后痛快淋漓地向浅薄的自我、卑劣的自我、虚伪的自我乃至世俗的自我告别。审视的过程，是在寻找人性中的“痼疾”；而审视的结果，则是为了割去这些灵魂上的“肿瘤”。

生命中每一次有价值、有意义的超越，都是对自我的超越。事实上，如果没有对自己的及时审视，一个成功的人可能会迷失在过去的辉煌当中；同样，如果缺乏对自己的正确审视，一个极富才能的人也可能因此而在生活中黯然失色。

在低沉的时候，不要用太过悲观的眼光审视自己，这样容易使自己流于自卑；在昂扬的时候，也不要用太过乐观的眼光审视自己，这样容易使自己走向骄狂。审视自己，要有合适的尺度，否则，就会走向极端。要么是处于目空一切的狂态，要么是陷入消极无能的冰点。

审视，合理的眼光应该是挑剔的，甚至是怀疑的，因为只有在这种接近否定的氛围里，事物才会是发展的、前进的。但这种挑剔不应是严酷的，更不应是残忍的。不然，即使去审视了，其结果也只会是一种打击、一种伤害。这样做，无疑是对审视的初衷的严重背离。

“横看成岭侧成峰，远近高低各不同。”由于审视的角度和方式的改变，一个问题会以不同的侧面展示给你。因此，你没有理由在受到清贫的困扰后责备世道沧桑，更没有理由在受到生活的重创后埋怨命途多舛。说到底，到头来能够拯救自己的唯有你，能够埋葬自己的也只会是你。

学会审视自己，也就懂得了审视周围。于是，作为个体的自我就不至于盲目地崇拜他人、盲目地追赶潮流、盲目地迷恋世俗、盲目地改变婚姻。审视，是人生的方向盘，它使你把握住自己，不陷入盲目，不落入俗套，不沉沦于纸醉金迷，那么未来就真正地握在了你自己的手中。

审视天地岁月，可获得一份哲思；审视世事人生，可增添一份睿智；审视文化历史，可厚实一些底蕴。

不想昏庸地活着，就审视一切。

贰

人生有素风

穷人的风骨

一天，我正要去上课。

突然，有人在背后喊我，声音远远的。扭过头看去，是一个农民模样的人，但我不认识他。

他说："马老师，我给闺女捎了些钱，麻烦你转交给她。"哦，原来是学生家长。他随即从上衣口袋里掏出一沓钱。当时，我并没有太多地在意，只是想着家长尽快把钱交给我，因为上课铃已经响了。

但他迟迟不肯给我，不断地数着手中的钱。我这才注意到，那一沓钱最外面的一张是百元钞，里边有两张贰拾元，还有一张拾元，剩下的便是厚厚的两元、一元的零钞了。他又翻来覆去地数了几遍，嘴里念叨着："怎么会少了一张呢？"

看着这些零钞，我突然有一种哽咽的感觉。十几年前，我上高中时，父亲在一个大雪纷飞的冬日给我送钱，冻得红裂的手心里攥紧的便是类似这样的一堆零钱，甚至里边夹杂着旧版几分的纸币。而今天的这一堆零钱当中，可能也有省下的柴米油盐钱，可能也有父母得病了舍不得吃药省下的钱，甚至有的还是借别人的钱——上面尚留有他人的体温。可现在，他都给女儿拿来了。

我问："少了多少呢？"

"五块钱。"家长有些捶胸顿足，嘴里不停地说，"走的时候，我明明凑够了的，怎么会少了呢？这可怎么办？"这位父亲显然有些急了。

我说："不要紧，就这样先给我吧。"家长有些迟疑，但最终还是交给了我。后来，家长走了，一边走，一边还上上下下不断地摸自己的衣兜，寻找那不知遗失在何处的五块钱。

那节课，我上得很不好，脑海中总是浮现着家长找钱的着急样子，鼻子酸酸的。下课后，我也没有把钱给学生，而是直接回到了办公室。

在搭上自己的五块钱后，我把所有的零钱都换成了整钞。给学生的时候，我也只是轻描淡写，简单地告诉学生这是她父亲捎来的，她点了点头便走了。

我深知那一堆零钞的重量，我不想把它压在学生稚嫩的双肩上。我知道，我这样做实际上也并没有改变什么，但于我，似乎只能做这些。

我以为这件事就这样过去了。不料一天上午，这位家长又找到我，局促不安地从兜里掏出了五块钱递给我。他说："闺女前些日子写信给我，说上次给她捎来的钱有些不一样，因为她从来没有收到过家里这么齐整的钱。读完信后，我便猜出了事情的原委，并且感觉到老师肯定垫进去了几块钱，所以我今天给你送来了。"

我百般推辞，说："就五块钱的事，算了吧。"但家长却极认真的样子。半天推搡过后，家长好像突然生气了，一把把那五块钱塞到了我的手里。简单的几句话之后，他便一扭头走进深秋的风里。

我突然觉得，我那位学生很可爱：作为贫穷人家的子弟，她知道穷人家的钱是什么样子。当然了，我更喜欢这样的父亲，因为他知道贫穷的风骨是什么。

这个世界穷人不少，但能够高擎自己的灵魂活着的人不多。更多的人，常常因为很可怜的一点儿利益而丢失了自己最宝贵的东西，从而使缺少精神之钙的虚弱身体在这个世界猝然跌倒。

与老师周旋的日子

那时，我们最喜欢去的地方就是电影院，还有那个录像厅。

已经快高二了，我们依旧沉溺其中。虽然学校的大门紧锁着，但门房里住着的是一个两眼昏花的老头，他经常把信都分错了，就更不容易在夜色浓黑的晚上看到我们。常常是等他听到铁门“咣当”的响声后，我们早就跑出了校外。这样的门，对于我们形同虚设；同样形同虚设的，还有那个老头。

就这样，我们在逍遥中度过了一年的时光，看了当时最有影响的《芙蓉镇》《红高粱》等几部影片，然后就是无数连名字都不容易记起的录像了。

虽然成绩还未至于一塌糊涂，但我们对前途基本上不抱什么希望。学校每年只能考上十几个人，而这样的大运，又多数被那些复习了N年的“老补”们撞上，看到他们范进中举般的笑颜时，心里就更空空地没底，不知道自己要复习到什么时候，才能熬出去。

正当我们几乎不可遏止地要堕落下去的时候，学校的领导层有了一个变化。教我们历史的孙老师突然间平步青云，当上了学校的教导主任。这在当时死水一般的校园中掀起了一个不小的波澜。我们以为这是学校的事，与我们没有关系，谁也没放在心里。谁知道他新官上任后的第一把“火”，就烧到了我们头上。

那一天，午休起床的铃声刚响过，平地一声惊雷，后边几排寝室上空突然间回荡起孙老师喊学生起床的声音，那种铿锵让我们想起了他在课上讲法国大革命时的状态，让我们这些没落的家伙不寒而栗。

我们几个常常想办法捉弄他。

20世纪80年代的县城中学寝室还是大通铺，一个屋子睡二三十号学生。有一天，孙老师来查寝。

李二平是个鬼头，他往铺板下看了一眼，说：咱们就藏在这里头吧，保证他逮不着，气气他。结果，大家就听了他的，藏进去后，还把搬开的箱子、柜子原封不动地摆放好，一丝不苟的程度就像地道战中搬开锅下到地洞一样。孙老师在我们寝室转了一圈，接着脚步声便远了。李二平首先按捺不住自己，嘻嘻地笑起来，我们跟着一起笑。哪曾料到孙老师藏在门后，进来后厉声问："谁在下边藏着？"

以后的日子，孙老师大白天拿只手电筒，在各宿舍晃来晃去，谁还能藏得住！大家似乎也听怕了他的声音，一听到他的叫喊，就像惊了枪的兔子。

我们班黄忠易学孙老师的声音学得最像，有一次午休还没有结束，他就模仿着喊了一嗓子，吓得同学们胡乱地披上衣服，趿拉着鞋子就往教室跑。

孙老师有事没事的就在门房里坐着，好像他又在那间窄窄的门房里支了一张床，我们有苦难言。

有一次，我们和李二平趁孙老师不注意，冲了出去，然后往电影院的方向狂奔。结果，我们完全低估了孙老师，他竟然骑着自行车追我们！还没到电影院，就被赶上了。我们个个吓得直哆嗦。孙老师把自行车一横，脸色黑沉沉的，不说什么。我们便灰头土脸地往回走。

有一次，趁孙老师没在门房，我们跑了出去。兴高采烈地看完了一场久违的电影后，快走到校门口的时候，李二平打了个手势，我们便敛声屏息地等在边上。他蹑手蹑脚地过去，试探着晃动了一下大门，听得门房里"噌"的一声，蹿出个人影来，然后，是一声最熟悉不过的吆喝！我们撒腿就往街上跑。

大街上空荡荡的，除了偶尔几个上夜班的工人，整座城像死了一般。路灯全灭的时候，我们转得有些累了。李二平说："差不多了，咱们回去吧。"我们就开始往回走。这回，李二平又试探了一下，见里边没有动静，他说："没事了，老孙一定睡实了。"我们轻轻拨开大门，刚要进去，暗地里突然站起一个人影来，说："你们几个过来一下。"

又是孙老师。

孙老师幽灵一般的身影，常常匪夷所思地出现在我们面前，使我们越来越感觉到：一种强大的力量横亘在我们面前，让我们难以为所欲为。李二平感伤地说："什么也别想了，学吧。"话语之中透着无奈，还有无法言传的苍凉。晚自习的时候，我们逐渐能够坐下来了，膀骜的心也因为绝望而沉寂了下来。

总之，我们与孙老师的周旋以失败而告终了。虽然当时还有些愤愤不平，但若干年之后，我发现这场失败来得是多么及时，让我在几近堕落的边缘踅身返了回来，并且在书籍中寻找到了学习的光芒。

后来，我虽然仅考上了一所普通的高校，但在那个考大学还算艰难的年代，也弥足珍贵。现在回忆起来，每一个午后孙老师铿锵的嗓门，都在内心回荡成一种关爱的声音。甚至当时最为切齿痛恨的——他拿着手电筒伏下身子在床铺下找我们的姿态，现在也变得遥远而亲切起来。尤其是他那一夜的蹲守，让我们彻底地死了贪玩的心，并让我们的人生从此走上了正轨。

是啊，有些东西非得经历了岁月，才能够完全懂得。尤其是自己的老师，当时多少可憎的事情最后也会变得那么刻骨铭心、难以忘怀。全是因为爱的光辉，在时间的河流中淡淡地闪现了出来，那是一种清浅的粼光，越是经历了岁月，越是清晰和明朗，最后在我们的心灵深处堆积成阳光般的温暖，照耀我们的一生。

泪流满面的夏天

我落榜了。

与其说这是一个黑色的六月，倒不如说，这是我人生中死去的一段时光。我闷在家里，不接电话，不踏出房门一步，不和父母说一句话。

倒是父母，小心翼翼地问我："今天，咱吃点什么？"我要么阴沉着脸不说话，要么粗声大气地说："别问我，你们就当我死了。"

父母吓得赶紧退出我的屋子，轻轻掩上房门。

我曾经对高考设想过无数的结局，包括最坏的结局。但是，无论如何也没想到，我真的会考不上。分数下来的那天晚上，乔均给我打电话，说："李朗，是不是你的卷给看错了？你怎么会考不上？"

我在电话这头声嘶力竭地喊："滚！不用你假惺惺！我就是不想考上！"说完，"啪"的一声，挂掉电话。

那一段日子，我一定是疯了。

我一直对乔均没有好感。他是我们班的学习尖子，是学校文学社的社长。最可气的是他的长相。夏天的时候，他上身是一件雪白的衬衫，下身是一条蓝色的牛仔裤，白云蓝天似的。他一到操场上，就会惹得好多女生在教学楼的某个角落，尖声喊他"帅哥"。

尽管，自初中始，我们俩就是同班同学；尽管，他一直当我是好朋友。

不知道为什么，我一直对他怀有仇恨的情绪。高二的时候，我病了一段时间，从家里回来后，乔均便凑过来，说："李朗，课程落下了，我帮你补吧。"说完，他拿过自己的学习笔记，摆开架势，要给我补课。

我说："不用了吧，我就是再落下一段时间，也不至于差成什么样，你自己学好就不错了。"当着好多学生的面，我这样说他，他的脸烧得像一块红布。看着他讪讪地离开，我"扑哧"笑了，心里无限惬意。

乔均，你以为你真是盘菜啊？

但乔均是个没皮没脸的人。第二天，他便再凑过来，说："李朗，我还是帮你补补吧。"我有什么好说的呢？看着他满脸大汗的样子，我暗自笑，心想：你讲吧，反正我左耳朵进、右耳朵出就是了。

是的，我不会领你的情的。

乔均最可恨的地方，就是他的霸道。高中三年，他次次考第一。有几次，我乘风破浪，都快追上他了，然而，总有不测的风云逆势而来，我只好望洋兴叹。仿佛，命中注定，我只能活在他的屋檐底下。

嫉妒他的人，不止我一个。有一次，在厕所的墙上，不知道是谁，写下这样一句话：乔均，你是个傻瓜。字很大，含着一种刻骨铭心的恨。乔均看到后，悄悄擦了。我见乔均很在意这样的事，便趁晚上无人的时候，用左手也在厕所的墙上写下类似的话；然后，再去告诉他，说又有人说他的坏话了。这时候，乔均往往很紧张，问在哪里。我说在厕所的墙上，他便疯一般跑去。望着他着急的背影，我笑了，心想：他真是个傻瓜！

高三的时候，评选省级三好学生。班里只有一个名额，班主任说："民主评议吧。"结果，乔均高票当选。我只有稀稀拉拉的几票。晚上的时候，我被班主任叫到了办公室，班主任说："李朗，乔均想把这个指标让给你，他知道你想考军校，这样可以给家里省下点儿学费。省级三好学生，有10分的加分呢，他说，给了你，你会更有把握些。毕竟，你的家庭条件不好，母亲又有病，乔均也是为了你着想。"

当时，我斩钉截铁，只说了三个字："我不要。"

我觉得，这是乔均对我最大的羞辱。

然而，高考结束后，我彻底失败了。整整一个月时间，我把自己关在屋子里，回过头来，把十多年的成长历程在脑海中细细地梳理一遍。我要想清楚，我到底失败在什么地方。

七月，阳光依旧明媚，我回学校复读了。大批的大学录取通知书开始送抵学校，每一个考上的同学脸上都漾满笑容，我的脸上也漾满笑容。当然了，北京那所著名高校的录取通知书下来的时候，我也看到了笑容满面的乔均。乔均一把抱住我，说：“李朗，你要好好读一年，你一定会考上的。”

我也抱住了乔均，紧紧地。我不知道从哪里来的这么大的力量。

“乔均，真心祝贺你。”这么多年来，我第一次感觉到，我的这句话，是那么真诚，真诚到我突然间泪流满面。我对他说：“乔均，我用一个月的时间，想明白了好多问题。是的，我必须要复习的，除了知识上的很多欠缺外，更重要的，我在做人上有更大的问题，我要用更多的时间学习做人。我发现，做人才是立身之本，只有把人做好了，才智才会最大限度地成全一个人、成就一个人。”

那一天，乔均抱着我久久没有松开，因为，他也一样泪流满面。

有本事，你也撕

我高中的时候，有个数学老师，姓王。

他上课，常常讲不到十分钟时间，就会有细小的白沫子挂在嘴角边，像刷完牙忘记了擦一样，很扎眼。有捣蛋的学生，给他起了个外号，叫“王白沫”。那时候，他住在校里，经常自己做饭吃。晚自习辅导的时候，他给我们讲题，常见他的手背上残留着面渍。每每这时候，女生就偷偷地笑，然后问他：“老师，你才做过饭吧？”他似乎意识到了什么，就赶紧把那双刚刚和过面的手藏起来。

印象中，开始他还显得很窘迫，后来再遇到类似情况，笑笑，就过去了。

王老师的数学课上得不错，纵横捭阖的，好多题都给我们讲好几种解法。他说，他有一个同学，数学很厉害，上高中的时候，老师讲一章，他撕一章的书，老师讲完了，书也撕完了。而且，他的这个同学数学精通到什么程度呢？据说，选择题，不用算，只看选项，就知道哪一个是答案。总之，他说得神乎其神。每次讲到这个故事的时候，他都神采飞扬，嘴角的白沫也愈发地多，仿佛那个人不是他的同学，就是他自己。

我们有一个数学顶好的同学，很狂妄。王老师有些看不惯他，就说：“你要哪一天也能一边学一边撕书，我就服你。”后来，这个故事变成了他的一句口头禅：有本事，你也撕！有事没事的，他都用这句话来鞭策我们。

我那时候数学很差，上王老师的课，总不敢看黑板。尤其是在他提问的时候，更是把头扎得低低的，生怕他问到自己。即便这样，有一次，他还是问到了我。他喊我名字的那一刻，我吓得仿佛是在黑黢黢的夜里，被魔鬼一把抓住。我脸色苍白，哆哆嗦嗦地站起来。王老师见我这样，很严厉地批评我，说：“怕什么，谁也不是天生就什么都会的！不会答不可怕，可怕的是不敢答。我的同学为什么敢撕书，那是一种胆量和勇气。我教你们，希望你们也能像他一样，在学习上，有这么一股子闯劲和霸气。”

那节课，他在台上唾沫星子飞舞，我们在下边大气也不敢出。下课后，同学们都埋怨我，说因为我而挨了批。

我有一个同学叫李军，在一次考试结束之后去办公室，见办公室无人，就从王老师的办公桌上，找到自己的数学卷，把

第二卷的分数改了——把“61”分改成了“87”分。然而，改完之后，从办公室跑出来没多久，他傻眼了，因为那次考试，第二卷满分才85分。

李军吓得惶惶不可终日，他不知道接下来会发生什么。

第二天发卷的时候，李军假装肚子疼，没敢上课去，他怕王老师会当着全班的面，揭发他的“罪恶”行径。然而，卷子发下来，王老师什么也没说。李军的卷子上，在被他改过的“87”上面，王老师轻轻地画了两个斜杠，然后，在旁边，重新写上了“61”。难道老师没有发现？可是，没有发现，他怎么会重新改过来呢？如果是发现了，他怎么没有任何反应呢？

这件事很蹊跷，即便是李军，也觉得不可思议。李军偷偷地和我们说：“管他呢，这事就算稀里糊涂过去了。逃过这一劫，以后打死也不干这样的事了。”

毕业的那一年，我们班的数学考得很好。成绩下来的那一天，王老师高兴得喝了不少酒，他说：“你们考得不错，虽然没撕书，但都算有本事的学生。”然后，他又在李军的肩膀上拍了一下，说：“你本来也是最棒的嘛……”

李军的脸腾地红了，他尴尬地等在那里，以为老师还要说什么。结果，王老师什么也没说，只是脸上布满了灿烂的笑。

那笑，像是被酒燃烧过，红红的，让人一辈子难忘。

“小橡皮”，你试试

我上高二的时候，学校来了一个女老师，说要接我们班，当班主任。大家都很激动，坐着静等。

她给我们开班会，一开口，居然说的是侉子话，大家你看看我、我看看你，多少有些惊愕。那么多年，我们都生活在方言的荒山野岭里，那天，她的声音像突然绽开在眼前的一朵花，让我们惊艳叫绝。

直到多年以后，我们才明白，她说的那不叫侉子话，叫普通话。

她教生物，我的生物成绩很好，我们班的生物成绩都很好。我们都喜欢听她讲课。她的普通话中，还有一种特别的味道。到底是什么味道，隔着十几年的岁月风尘，一直想到今天，我也没有想明白。

她的丈夫在县里的广播站，是个领导。有一次，她说：“小橡皮（她总是喊我‘小橡皮’），你试着给广播站投投稿吧。”其实，我对县广播站的印象并不好。记得有一天晚上，看完电影，从电影院出来，正是瓢泼大雨，我们飞奔着往学校赶。街道两边的电线杆上，喇叭正在播出当天的天气预报。记得很清楚，播音员操着浓重的方言说：“今天天气晴，北风2到3级。”我们一边跑、一边哈哈大笑！

然而，我还是稀里糊涂地写了一篇，寄去了。一个周六的中午，我们正在宿舍前面洗衣服，同学喊我的名字，说：快听，广播里正在播你的稿子。我的心咚咚乱跳，说不清是激动还是害怕。我屏住呼吸，静听。那天正午的风好像故意跟我作对，大得癫狂，刮得广播音东西乱窜。我只断断续续听了个大概，居然听出了一头汗。

我写的稿子，全城的人都听过呢。为此，我激动了很长一阵子。

高三的元旦晚会，班主任老师从广播站为我们借来了一套设备，让我们大开眼界——一台大录音机，还有一个可以别在衣领上的无线话筒。这在二十世纪八十年代末，都是稀罕玩意儿。那天，班主任喊住我，说：“小橡皮，你试试，当当主持人。”我别着话筒，听着录音机喇叭里传出来的怎么听也不像自己声音的声音，穿针引线，竟然成功地主持了班里的晚会。记得，那天晚会的高潮，是我的同桌李建宇表演气功。李建宇撩开衣服的前襟，露出红红的球衣。他说，他的肚子可以随便打。那天，好多同学都举了手，要一试他的气功。但李建宇最终选择了我。毕竟，在上课的时候，我们曾经悄悄试过，他非常清楚我一拳打出去，是怎样的力量。那天，我一拳打过去，同学们笑得前仰后合，再看看班主任，笑得更是前仰后合，爽朗得连普通话的味道也没了。

晚会结束的时候，老师摸了摸我的头，极为赞赏地说："小橡皮，你主持得不错。"

班主任家住在附小的对过。傍晚的时候，我们到附小的小操场去背书，经常看到她在几间平房里出入。高考前一个春天的傍晚，她遛弯的时候，叫住了我，鼓励我好好学。那一个黄昏，凉风习习，风吹起她额前的刘海，一起一落的，像跳跃的黑色丝绸，漂亮极了。她说了些什么、说了多长时间，我统统忘了。只记得我要回学校的时候，她和我招手的姿势，是让人那么地温暖，霎时，仿佛地老天荒。

我当时学习并不好，而同桌李建宇总是班里的前三名。有时候，我会不间断地盯着李建宇看，然后便不停地问自己：除了他会气功，我们俩到底差在哪里呢？一遍遍地问过，又一遍遍无法抑制地自卑。好在我的这个说普通话的班主任老师，眼睛并不总盯在几个学习好的同学身上。她常常笑眯眯地对我说："小橡皮，你可以试试……"

那个春天过去，河开了，草绿了，短袖上身了，高考已经临近了。然而，猝不及防的是，班主任老师随着丈夫一起调走了。她站在讲台上，只是简单地和我们交代了几句，然后，她，以及她的好听的普通话，就像一朵云彩，飘走了。

我怅惘了很长很长一阵子。也许，老师并不知道，一年的时光，我心中的荼蘼花，因她开到正烂漫。然而，一低眉，一转眼，所有的花事，随着她的离去，零落殆尽。

现在还常常想起她。想起她的时候，耳畔就会暖暖地回响起一句话——“小橡皮，你可以试试。”

最美的眼神

一所省城知名的重点中学，在百年校庆的时候，恰逢校内德高望重的老教师雒老八十寿辰。雒老师是一位极富传奇色彩的老师，他教过的学生，许多已经成为蜚声海内外的教授、学者以及活跃在时代前沿的IT（信息技术）精英。因此，众人仰慕的雒老师一直是一个谜。到底是什么原因使雒老师如此桃李满天下呢？学校决定在百年校庆之际，把这个谜底揭开。

于是，学校给所有雒老师教过的学生秘密地发出一份问卷，其中最重要的一条是，回答雒老师的哪些方面最让他们满意。答案很快反馈回来，却是五花八门：有人认为是他渊博的学识；有人认为是他风趣的谈吐；有人认为是他循循善诱的教学方式；有人认为是他兢兢业业的工作作风；有的学生说喜欢他营造的课堂氛围；有的学生干脆说，雒老师的翩翩风度是他们最满意的。

然而，学校对这份问卷反馈回来的内容并不满意。因为在学校看来，学生的回答零散而琐碎，这些闪光之处，也可能是其他老师所具有的，并没有代表性。仓促之中，学校在众多的学生中，遴选出100个最有成就的人。学校认为，这100位学生的成功，肯定或多或少受到了雒老师的影响。为了得出较为一致的答案，这次的问题很简单：你认为，雒老师的哪一方面对你的人生影响最大？

答案很快就以传真、电话、电子邮件的形式反馈了回来。同样出乎预料的是，这一次的答案居然惊人地接近一致。几乎所有的学生认为，雒老师对他们的人生影响最大的，就是他的眼神。

这下轮到组织者为难了：本来这次百年校庆，他们原打算通过这种问卷的形式，揭秘雒老师的谜底，同时把得到的答案，作为学校的传家宝流传下去，然而“眼神”这个答案非但没能起到揭秘的效果，反而使事情更加扑朔迷离了。

百年校庆的日子很快到来了。整个学校人头攒动，操场、餐厅、体育馆以及游泳馆的周围，到处都是学生，有的已经白发苍苍，有的还风华正茂，大家互相倾诉着，喜悦的心情溢于言表。庆祝大会隆重地举行，校长讲完话之后，便是各界名流的致辞。一位知名的教授上台之后，先向端坐在中央的雒老师深深地鞠了一躬，然后说：“今天我有幸能站在这里，与大家共聚一堂，首先得感谢雒老师。我刚上这所中学的时候，成绩非常差，说实话，那时我已经丧失了信心和勇气，正是雒老师，把我从困难中拯救了出来。为此，母校做了一次问卷调查，问雒老师对我们影响最大的是什么，我的回答就是他那会说话的眼神。是的，那时候，同学看不起我，父母对我也失去了信心，然而雒老师的眼神中流动着鼓励和肯定，像一股股的暖流，温暖着我自卑和沮丧的心。我就是从他的眼神中得到前进的信心和力量，一步一步走到现在的……”另一位学者致辞的时候，笑笑说：“上中学的时候，我最讨厌老师的偏袒，比如偏袒成绩好的、偏袒女生。因为讨厌老师，导致我很厌学。雒老师的公正无私，像一方晴朗的天空，清澈、洁净、透明。从他的眼神中流露出的这种公正的力量，使我的心也变得晴朗起来……”

后来上台的学生中，大凡雒老师教过的，无一例外谈到了雒老师的眼神。有的同学认为，雒老师的眼神在严肃中传递着爱意；有的同学认为，雒老师的眼神在安静中透着温和；有的同学认为，雒老师的眼神中满蕴着父亲般的慈祥；有的同学认为，雒老师的眼神就是一条汩汩流淌的河流，不断荡涤着人的心灵……

事实上，大会开到这里已经非常成功了。没有想到的是，就在最后，有一位50多岁的老人在事先没被邀请的情况下，上了大会的主席台，他说：“我也是雒老师的一名学生，而且在一所中学也教了二十几年的书。我一直有一个心愿，就是想让自己也像雒老师一样，把最美的眼神传递给学生。开始的时候，我总不能做好。后来，我渐渐发现，能够传递这样的眼神的人，需要的并不多，那就是，你必须有一个满浸着人间大爱的灵魂，这样的一个人，才会生长出最人性的枝蔓，才会漫溢出爱的芳香。”

老人讲完之后，台下顿时响起了潮水般的掌声。在对人的影响上，爱的浇灌和人性的感召，永远胜于其他形式。那一天，学校得到了他们最想要的答案。

等待两分钟

实习的时候，是在山区县城的一所中学。

那一天，讲的是白居易的《琵琶行》，主讲的是这所中学最富经验也是最受敬仰的一位老教师。果然，台上老师谈吐自如，台下学生应答如流。灵活自如的引导、点题、穿插，再加上一些现代化教学手段的运用，使整个课堂谨严而又浑然一体，我们不禁惊叹于老教师的功底。

接下来，是随意的提问。被点到的学生一个个灵透、聪明，老教师稍一点拨，理想的答案便顺口而出。当老教师又点到一个学生名字的时候，一个胖胖的孩子站了起来，脸红红的，却不说话。当时，屋子里静极了，分明能听到每个人的呼吸声。我们几个坐在后排的听课老师彼此都感受到了一丝尴尬。毕竟，这样的场面，谁也不愿看到。一堂优秀的公开课或许因此而略显瑕疵。然而，那位老教师并没有及时地让那个学生坐下，以结束这样的场面。时间在一点点地过去，就在我们感觉场面几乎令人“窒息”的时候，那个学生开口了——原来，他是一个磕巴。

课后，一起座谈的时候，我们谈到了这件事，并说出了我们当时的担心。那位老教师说：“是的，谁也不想让这样的情况出现。我知道，在当时的情况下，他一定很着急，越是着急，越说不出话来。然而，恰恰是这样一个场面，对他是多么重要！如果当时我断然让他坐下了，他失去的将是下一次在大庭广众面前开口的信心和勇气。比起我的公开课来，一个生命的成长似乎更重要。所以，那一刻，我宁愿为他等待两分钟……”

等待两分钟，这并不是平常的两分钟，这是对尊严最真挚的仰望，也是对怯弱心灵最细心的呵护。老教师的话语很简单，就在这简单的话语中，我们发现了一颗朴素灵魂的光亮：才能固然是一个人美的方面，而比才能更美的，永远是懂得施爱的心灵。

温暖的触摸

有一天晚上，是我值班。

照例，我要到操场上去转转。操场在教学楼的后边，周边是零星的几盏路灯，有极淡的一点儿光晕射出来，照得并不远。我带着手电筒出来，开始沿着跑道往里走。学生们大都回宿舍睡觉去了，我到操场转转的目的，无非是怕有的学生还没有回去，还在操场转悠，毕竟，在这样一个春末的晚上，清新的空气以及舒爽宜人的温度是让人留恋和眷顾的。

往夜色更深处走，我看到了两个人的背影，凭经验，那该是一个男生和一个女生。我快走几步，赶上了他们。

我问：“这么晚了，为什么还不回去睡觉？”他们俩嗫嚅着，说不出话来。听他们的气息，显然被吓坏了，声音中透着紧张和惶恐。我面对着他们站着，但暗淡的光，还是未能让我辨清他们的面目。我问了他们俩的班级和姓名，得知他们是高二的两名学生，我并不认识。当时，我没有惩罚他们。当然，我也给他们讲了很多道理，告诫他们：学生就应该好好学习，不要这么晚了还出来随意走动。两个学生低着头，只是默默地听着，不插话，也没有辩解。宿舍楼熄灯的铃声响过后，我让他们回去了。

之后，过了好几年，我早把这件事情忘了。然而，一天，一封来自珠海某公司的信飞至我的案头。我觉得很蹊跷，看落款，叫这个名姓的人我并不认识，然而信又明明是写给我的。当我怀着好奇读完了那封信之后，我才明白了事情的原委。

原来，信是那个女生寄来的。信里边谈及的内容，也是关于那个晚上的。她说："马老师，那个晚上，被您抓住之后，我很是害怕。其实，那一刻，我一直担心着一件事情，就是您手中的手电筒。我怕您会突然之间拧亮您手中的手电筒，然后毫不留情地照在我们俩的脸上。我觉得，那样的话，我一定会无地自容的。我是在惶恐中熬过那几分钟的。当时，我一直盯着您的手看，手电筒在您的手中翻转来，又翻转去，但是最终您没有让它亮起来；即便是后来，让我们回去的时候，也没有亮过，哪怕是一次。这些年，我一直忘不了这件事情，今天给您写去这封信，我要郑重地对您说声'谢谢'。"

在那个晚上，我的心底并没有感觉到亮不亮手电会对那件事产生多大的意义。然而，就是这样的一个细节，对于一个孩子，对于一个犯了错误的孩子，是多么大的尊重。这件事情之后，我开始更多地注意生活中的一些细节了，比如，把愤怒的姿势换成握手，让一句厉声的呵斥变得温和，轻拍对方的肩膀，给仇怨一个宽容的眼神，用心倾听别人的话语，等等。我不想从这些细节中得到什么回报，但我知道，这些细节一定会碰上一颗善于感知的心灵，实际上，这已经足够了。就像阳光照耀大地万物的时候，它并不会在意一朵花是否会散发出芬芳。或许，它所在意的是，光线的每一个细微的部分，是不是给了花瓣最温暖的触摸。

精致瞬间

又是考试。

相距上次月考还不到半个月，期中考试就又开始了。铃声响过，学生们有的托腮沉思，有的奋笔疾书，教室里的气氛有些沉闷。我坐在讲台上，看着这些令人同情的孩子，心想，无论多么密集的考试、多么繁重的学习，他们都在承受着，孩子们活得真累啊！

想到这些，我心里也疙疙瘩瘩的，不舒服。

这是个春天的下午，略有些扬沙，天空灰黄灰黄的。屋外的风，有一阵没一阵地刮，隐约听到有窗户被吹得“叮当”乱响，我便起身出去。果然，离这个教室不远的另一个教室还有一扇窗户开着。这是哪个粗心的人干的？我紧步往那里走。教室是空的，大约学生们都出去考试了。我拉开另一扇窗户，准备和这一扇合在一起关上。就在这时候，我突然发现，在这扇窗户的底框上，也不知是哪个学生，用纸扎了一个拳头大小的风车，安放在那里。在风的吹拂下，那风车转得正欢。

我关窗户的手不由自主地停了下来。我驻足在那里，满心欢喜地欣赏着这个小小的风车，它的转动或轻缓或迅疾，或张扬或含蓄，没有牵挂，没有束缚，自由，轻灵，奔放，镶嵌在这一方规则的窗框里，像极了一帧风景——一帧难得的风景。

是哪个学生的巧手，在上下翻飞中做成了这么美的一个风车？在这样枯燥而又疲惫的日子里，他（她）的心灵为何能这般富有诗情画意！我揣测着这个学生，他（她）一定是一个有情趣、有诗意而又十分可爱的学生。他（她）能把枯燥的生活过得生动，能把沉闷的日子过出趣味。这样的人一定内心蓬勃，所以，他（她）才会装帧出这么美的一番风景。

是啊！如果在枯燥而又令人疲惫的学习生活里，每个学生都能有着这样一份情趣，他（她）自然就会拥有内心的轻松；同样，在人生的平庸和淡泊里，如果每个人都能学会这样去经营生活，他（她）自然可以收获属于自我的充实。

那天，我悄悄返身回去了。我情愿让这扇窗户一直开着，我情愿让那风一直吹下去，因为，那窗子里边，有着一个孩子的梦。

有一种渺小不容蔑视

山，算不上名山，却高出了味道，引得不少人去登攀。

那天，快登到半山腰的时候，我在一处略微平坦的地方驻足休憩。站立处，也就巴掌大的一块地方，竟有几户农家，在斜逸出的旮旯里，卖零散的小吃。几面大饼铛“呼啦啦”地转着。饼铛上，焦黄的煎饼，飘散出阵阵诱人的香气。

“喂，你往边上站站。”我觉得有人在背后拍了我一下，回头一看，是个小女孩。

我才注意到，我身后是一截用乱石砌起的矮墙。墙里，散坐着几个闲适的游人。紧贴着墙边坐着一位老婆婆，婆婆旁边，就是刚才和我说话的小女孩。墙脊上，放着一个小笸箩，笸箩里是几袋山果。

“你挡了我的生意了。”小女孩头也没抬，似乎是向我解释，又似乎是自言自语。我赶紧往旁边一闪身。“谢谢。”小女孩依旧没抬头，只是重新把笸箩里的山果摆放了一下。

婆婆眯着眼，在一边枯坐着。秋日的阳光，暖融融的，她有些昏昏欲睡了。

“这是什么东西？”一位女游客也看到了这些山果，好奇地问了一句。“哦，是山枣。这山上摘的。”一直枯坐着的婆婆突然开口说话了。“那，这是您摘的？”“不，是她。”婆婆顺手一指身边的小女孩。

“哦，是她摘的啊！”女游客的语气中含着惊讶与怜悯。

小女孩依旧沉静地站在那里。秋风吹着她额前的刘海，刘海有些蓬乱，她随手理了理。举手投足之间，小女孩有着超越年龄的沉稳与成熟。

女游客从笸箩里拣出一颗山枣来，放进嘴里，品咂了一番，说：“嗯，不错。”说完，她掏出两元硬币来，给了婆婆。

小女孩见状，麻利地从笸箩里拣出两包山枣，递给了女游客，说：“一元一包，正好，给你。”女游客摆一摆手说：“孩子，这山枣我就不要了，你摘得不容易。我刚才吃的那一个，足值两元钱。”

看得出来，这是一位富有爱心的女游客。她给小女孩钱，却没有施舍的味道。

哪料到，小女孩一把从婆婆的手心里夺过那两元硬币，还给了女游客。小女孩说：“阿姨，尝枣不要钱，钱还给你！”

女游客一脸的尴尬。

“这孩子，这孩子……”婆婆长叹了一声，“这孩子，总是这么一个脾气。她从小没了爹妈，跟我长大，就养成了这么一个脾气。”婆婆一边说，一边抬眼看着那位女游客，话语中，含着不尽的歉意。

女游客脸上的不自在，并没有因为婆婆的解释而烟消云散。就连一旁的我，也觉得小女孩冷冷的，有些不近人情。

小女孩似乎也感觉到了这有些凝滞的空气。她微微笑了笑说：“阿姨，本来，一个枣并不值两元钱的。更何况，那是你的钱，我不能要……”

“孩子，你上学了吗？”女游客问了一句。未等小女孩开口，婆婆答了一句：“哦，她啊，上了，上了，已经四年级了，这不，趁这几天有游客上山，卖些山枣，就够她的学费了。” 说完后，仿佛触痛了什么，婆婆埋下头，不说话了。

“哦，是这样。”女游客的脸上开始漾出笑意，“这样吧，孩子，这钱，我先收起来。但是，孩子，阿姨要告诉你一句话：阿姨给你钱，不是因为你可怜，而是因为你可爱。”

“阿姨，我也知道你是好意。这些山枣，只能卖几块钱，虽然少得可怜，可是，这都是我自己挣的，装在口袋里，心里觉得快乐而又踏实。以前，也曾经有人像您一样帮助过我，可是，我都拒绝了。阿姨，奶奶已经老了，我要靠我的双手养活奶奶和我……"

——那一刻，我惊呆了。这个世界上，有许多活在寒冷中的人，也有许多颗寒冷的心灵。然而，有的人蜷缩着，等着别人来怜悯温暖，而另一些人，搓着手，跺着脚，拼争在寒冷中，用自我的方式温暖着自己。说实在的，那一刻，我的心被小女孩的话触动了，我不由得重新审视她：那冷冷的面孔背后，是与年龄并不匹配的坚毅与刚强。

那个秋日，有风，但阳光很明媚、很灿烂。等我从山顶下来的时候，山腰处，已经没有了婆婆，以及那个让人不能忘怀的小女孩。

也许，那些山枣已经卖完了，她们回了家；也许，还没有卖完，第二天，她们还会出现在这里。但是，我想，凭着这样的刚毅与坚韧，无论是谁，无论陷于怎样的人生困境，生活最后一定不会亏待她的。

她和江筱萸的夏天

她和江筱萸是在高三的那年夏天闹僵的。

起因很简单。有一天晚上，她要同桌江筱萸为她讲解一道数学题，结果江筱萸连头也没抬，说："你没看见我正忙着吗？"她觉得江筱萸的这句话严重地伤害了自己，便恶狠狠地扭过身去，把背影和愤怒留给了江筱萸。

其实，她和江筱萸关系一直很好。她们都喜欢潘玮柏和周杰伦，同是演讲社的成员，而且都在学校的学生会兼职，甚至她们的学习成绩都不相上下，都一直排在年级的前十名。现在正是高三的冲刺阶段，难道，为了高考，就可以这样决绝地连友情都舍弃了吗？一个晚上，她的心里都愤愤的，觉也没有睡好。

第二天早饭的时候，江筱萸喊她去吃饭，她冷冷地说了一句“不饿”，便又埋头背起了历史。实际上，她哪里背得进去！当她发现江筱萸一个人在视野的余光里孤单地离去时，她的内心里先是掀起了一阵快感，随即便又被一种更加复杂的情感淹没了——她的心里，愈发烦乱得紧了！

夏天的阳光，虽然是早上，但射进班里，也显得毒辣辣的。她被晒得有些晕晕乎乎，索性趴在桌上，用书盖住了脑袋。不知是什么时候，她突然觉得一大块阴凉覆盖在自己的身上。她以为是一块云彩飞过天空，抬头一看，原来是刚刚吃饭回来的江筱萸从桌膛里找出两张报纸，贴在了玻璃上。

她依旧懒得搭理江筱萸。江筱萸也没有说什么，坐在座位上之后，帮她把散乱在桌上的书一本一本整理好，重新码放在课桌上。上午的三四节课是作文，今天要写的题目是《自己与他人》，她想她应该写写江筱萸，因为江筱萸昨晚的自私，实在是她不能容忍的。

第四节的时候，饥肠辘辘的她饿得有些顶不住了，一边写，一边在心里“诅咒”江筱萸——如果不是因为江筱萸，她绝不至于饿着肚子写作文。她把手伸进桌膛，想胡乱找点儿什么出来吃。在桌膛的边上，她触到一个纸包，悄悄打开来——是两个芝麻饼。她看了江筱萸一眼，心里倏忽间掠过一种说不清的感受，暖暖的，挥之不去。

中午的时候，江筱萸喊她去吃饭。这次，她没有回绝，只是说：“我有点儿难受，你替我打点儿回来吧。”是的，她的确有些难受，不是在身体上，而是在心里。江筱茵走了之后，她无意中瞅了一眼筱茵的作文本。在筱茵的作文中，她看到了这样一段文字：

> 昨天晚上，数学老师要我在下课之前，把那套练习题的答案做出来。恰好，同桌问我一个题的解法，我拒绝了。现在回想起来，我当时的语气一定很生硬，或许已经伤害了她。人在任何时候，都要学会换位思考，如果我是她，我会是怎样的感受呢？我觉得，一个人活在这个世界上，有一双手，用来扶持别人，这双手才会有价值；会思考，能站在别人的角度去思考，这样的思考才会公允；有智慧，用来帮助别人，这样的智慧才会有意义……

那天傍晚，她和江筱茵漫步在校园的操场上，草坪上的绿草在夕阳余晖的照耀下发出万点金光，辉映在她俩的笑脸上。而且，整个夏天，她的心情都明媚灿烂。因为她明白了，如果一个人一辈子，只为自己而活，就会时常缠绕在纷乱的烦恼和痛苦之中；而懂得设身处地地为别人去想，这个世界就会有许多温暖的手伸出来与你在心灵深处紧紧相握，并让你在生命的每一天，收获不期而遇的爱、快乐和幸福。

温暖的小刀

那年春末，我到一所中学去监场。

发卷的时候，我发现，靠近讲台的一个女生怪怪的，左手藏在袖口里，遮遮掩掩的，不愿伸出来。和我一起监场的，是另一所学校的一位女老师。大约，她也注意到了这个细节。随后，我俩便开始留意这个女生。在我们想来，她袖口里的那只不愿示人的手，一定藏着什么秘密。

考场里静悄悄的，学生们都在全神贯注地答题。只有这个女生，一边答题，一边有意紧藏着她的那只手，一边还不自觉地环顾着左右，神色紧张而怪异。这愈加坚定了我们的怀疑：她的手里一定攥着小抄，或者，其他用来作弊的什么东西。

然而，我们错了。半个小时后，也许女生做题做得太过专注，一不小心，她露出了自己的左手——天哪！这个女生的左手居然没有手指头。

原来，她竟是一个有残疾的学生！

这多少有些出乎我们的意料。愧怍之余，不禁心生悲悯。那位女老师，更是一脸的痛楚，小声地嘟囔着："怎么会是这样……多可怜的孩子啊，多可怜的孩子。"

考试进行到一半的时候，有一道地理题需要改动。办公室送来了一沓纸片，纸片上印着一个阿拉伯国家的地形图。我们分发给学生，然后让他们各自粘贴在试卷的答卷纸上。由于是临时赶印出来的，太过匆忙，这些纸片裁剪得很粗糙，考生们只有自己动手把四个毛边撕去，使纸片大小合适，才能贴在试卷上。

这下，可难为了这个女生。大约，她还是不愿让别人看到她的那只手，就用左胳臂使劲压紧纸片，右手一点点地撕。然而，那张小纸片仿佛不听话，只要她一用力，就从她的胳膊下跑出来，再压下去，再跑出来。她急得都有些冒汗了。

"这位女同学，我可以帮你吗？"女老师走过去，俯下身子，声音低低地征询女生的意见。女生抬起头，看了看，迟疑了一下，还是把纸片给了她。

然而，女老师并没有立即动手，她把那张纸片放在讲台上后，便在满考场里寻找着什么。我有些纳闷，这不是很简单的一件事吗？她究竟想要干什么呢？

不一会儿，女老师从一个学生那里找到了一把小刀。

然后，她坐在讲台前，一点点小心翼翼地裁剪那张纸片，“哧——哧——”，小刀割裂纸片的声音很好听。我和女生看着她做这一切。说实话，那一刻，女老师慈祥得像坐在讲台前的一尊佛，她专注的神情，仿佛是在完成一件精致的手工艺品。

随后，她微笑着把这张小纸片轻轻地放在女生的桌子上。女生欠了欠身子，低低地说了声“谢谢”。她拍了拍女生的肩膀，说：“赶紧答题吧”，便走开了。

然而，我还在纳闷着。一张小纸片，手也完全可以撕得很整齐，为什么一定要找把小刀来呢？

考试结束后，我道出了心中的不解。那位女老师笑了，说：“这个女孩所残缺的，是一只手。我不想在她面前，用自己灵巧的手指头去撕那张纸片，那样的话，会撕碎这个女孩的心。我满考场去寻找一把小刀，就是想借助小刀，避开对她的这种伤害。”

一直以来，小刀在我心中，不过是一片冰冷的铁片而已。而那年春天，我懂得了，原来，即便是锋利而冰冷的一片小刀，也会裁剪出人性的温暖来。

我愿听见所有善良的心跳

春天时分，刚刚转暖，教学楼5层的楼道里又开始响起燕子欢快的叫声，叽叽喳喳的。走廊廊灯的灯盘上，有一个泥筑的浅浅的窝——这是它们在北方的家。

一天，我去上课。我一边等着上课铃声，一边在走廊里转悠。突然，我看见走廊通往外面的窗户旁边，贴着窄窄长长的一张字条，上面是用圆珠笔写的几个字：小鸟要回家，请不要关窗。

我不禁感动。哦，可爱的学生，在字里行间，我触到了你们的温暖，听见了你们善良的心跳。

记得，去年夏天时候，也是在灯盘上居住的一只燕子，误闯到教室里。结果，“啪”的一声，一道黑影划过，教室里高速运转的吊扇一下子把它拍打在讲台的一角……黑黑的翅膀还半伸展着，但脑袋低垂，它死了。当时，正在讲台上的我，以及台下的我的学生，都惊呆在那里。

一条生命，就这样猝然逝去了，而窝里，几只乳燕正嗷嗷待哺。

我说，一个父亲或者母亲，死在了为它的孩子觅食的路上。仿佛触动了内心中的什么，那堂课，学生们都低着头，半天静默着，不说话。

应该说，整个春天的那一大段日子，我都被这张字条、被学生心底的善良所感动着。每次上课，或须臾回首，或短暂驻足，我总会不断端详那几个俊秀的文字，一遍遍地重温那种别样的温暖。而那扇铝合金窗户，也一直敞开着，燕子飞进飞出，畅通无阻。

一模考试结束以后，学校放两天假。乡下的杏花桃花开得正艳，我趁机回到乡下，到儿子的外婆家去赏花。晚上的时候，我突然想起了那扇窗户，心里不由得“咯噔”了一下。那扇窗户会怎么样了呢？学生是不会关的。但学校后勤的人呢？关门关窗关电扇，这是他们每次放假后必然要检查的，尤其是那个烧锅炉的罗师傅，每次检查时，认真得要命。想到这里，我有些绝望：完了，那扇窗户，一定被他“绝情”地关上了。

那一宿，心里都疙疙瘩瘩的。我以最坏的结果推测着燕子的处境：一直自由出入的它们，会不会猝不及防，一头撞在玻璃上？面对无法逾越的玻璃，它们会绝望地等多久？漫漫长夜，它们会在哪里凄然度过？……

开学的那天，我提前到达学校。学生还没有到，教学楼的大门紧闭着。我太想知道那扇窗户的情况，于是快步进了楼。一层楼道里，两扇通往外边的窗户是关着的。二层，是关着的。三层，还是关着的。四层，依然是关着的。我都没信心上到五层了，没有任何迹象表明，五层的窗户会有不被关上的可能。

那一刻，我有些绝望。但在绝望中，又生出一丝释然：这样也好，那两只燕子，一定另觅了新的安身之地，毕竟在这里，有着许多难以预料的危险。

我还是走上了五层。最右边的那扇窗户，是关着的。我拐向左边那道熟悉的走廊，还未看到窗户，就听寂静的楼道里，突然传来燕子欢快的呢喃声，“唧—— 唧唧—— 唧唧唧——”，是那么悦耳，又是那么亲切。

真是喜煞人！那扇窗户，竟然还是敞开着的。

不难想见，前天下午，罗师傅或者其他来检查的师傅，一路检查到这里。他看到了那张字条？不，他也许并没有看到。他听到了燕子的呢喃？不，也许燕子当时并没有在。他只是凭着与生俱来的直觉，感到这扇开着的窗一定牵系着什么，于是，一抬头，看到了燕窝；一转身，看到了字条；一远眺，看到了电线上正在往这里张望的燕子。

那一刻，他会心一笑。于是，寂静的空气中，便立刻响起了他善良的心跳声，如佛音一般，弥散开来。远在乡下的我，自然无缘听到。然而那扇窗、那面墙，还有灯盘、燕窝，一定都聆听到了这天籁般的佛音——咚咚，咚咚，是人类仁爱的节律，铿锵有力。

然后，一转身，师傅走了，留下了那扇满敞着人性的窗户。

——我愿听见这个世界所有善良的心跳，小到对一只蚂蚁、一只燕子，大到对一个人、一个民族。我是说，这样的心跳声，是那么温暖、那么和谐，足以改变整个世界。

女孩穿过麦田里的光阴

1

“你是杨晓逢吗？是，我是。”对着镜子，杨晓逢自问自答。

“那好，那你就把青春交给麦田，做个守望者吧。”说完，杨晓逢放下塞林格的《麦田里的守望者》，对着自己莞尔一笑。她的笑容反射到窗外的墙上，一墙的阳光，哗啦啦平铺下来，耀眼而灿烂。

2

高二（3）班的杨晓逢一宿没回来。

班主任苏老师吓得差点儿报了警。倒是晓逢的父亲还算冷静，说再等等吧。嘴上虽这么说，他却坐卧不安，一会儿出来，一会儿又进去。整一宿，办公室的那扇门吱吱呀呀阴阳怪气地响个不停。气氛，在躁动中翻卷着无奈和恐慌。

杨晓逢昨天走的时候，只悄悄给同桌留了个字条：我去城里，明天上午回来。然后，风一样从众人眼里消失了。她到了城里的什么地方？去干什么？苏老师展开那张字条看了又看，试图从上面发现蛛丝马迹，但字条上除了杨晓逢工整清秀的那几个字外，什么也没有。

“等你回来，我就开除了你。”苏老师攥着字条，咬牙切齿地说。

早上七点一刻，杨晓逢满脸倦容地从出租车上跳下来，疾步走到校门口。最先是她的母亲，失声喊一声“闺女”，便疯也似的冲向她，一把抱住，呜咽着哭起来。父亲满脸黑沉沉的，最初想发作，刚走到女儿面前，忽又停下来，蹲在地上。刚才，酝酿在他心里的，不过是个肥皂泡，现在炸裂了，地上满是喜悦的泡影。

“你去城里究竟干什么去了？”到底还是苏老师，最先开了口。

“我去看演唱会，昨晚城里的体育馆有场演唱会，因为有汪峰，我就去了。”杨晓逢自知理亏，声音压得低低的。一阵风吹来，她的刘海飞扬，纷乱的，像极了她此刻的心绪。

“你去看，也得和我们打一个招呼啊……”

没等苏老师说完，杨晓逢便迎上去：“打招呼我就去不了了。这不，看完后，我连夜坐火车就回来了，完好无损，完璧归赵。”

杨晓逢向苏老师，以及父母，挤了一下眉。她想以此，来赢得所有人的原谅。

还是苏老师，大嘴一咧，说：“没想到，你是汪峰的粉丝，我也喜欢汪峰，哈哈哈。”挺大一件事，就这么被轻描淡写过去了。

3

杨晓逢是班里的学习尖子、学生会的干部。校长非常欣赏她。校长说，杨晓逢个性张扬，智慧超群，是我校的一张名片。

苏老师当然也喜欢这张名片。她是苏老师的得意门生。年初，在全国性的物理竞赛上，她为学校夺得了一块金牌。为此，学校都沸腾了。学校把她的照片挂在橱窗里，几乎所有的同学都认识她。她走在甬路上，总会有学生从教学楼的某一个角落探出脑袋来，隔着远远的距离，大声喊：“嗨，杨晓逢！”杨晓逢笑笑，然后，双手上扬，在空中划出一条美丽的弧线。那是她的招牌动作，优雅，大方，迸射着青春的朝气。

大家都喜欢她。

苏老师的物理教得很棒。他上课，有时会突然停下来，把粉笔递给杨晓逢，说：“晓逢，来，你来给同学们讲。”然后，他走下讲台，坐在杨晓逢的位置上，仰着头，张着嘴，极陶醉地听着他的弟子丝丝入扣地分析，脸上，漾着不落的得意和自豪。

有好事者，在挂着杨晓逢照片的橱窗旁边，画了一幅四格漫画，画的题目叫《一个老头比较美》。大家纷纷围过去，明眼人一眼就认出，画的是苏老师。画面中，谢顶的苏老师头上只有三根头发，正为杨晓逢的讲解陶醉得摇头晃脑。旁边，附打油诗一首：三根毛，美滋滋，敢当学生的粉丝；三根毛，随风摆，常对弟子有偏爱。

苏老师有一次在课上谈到这件事，说："谢谢这位画家抬举我，让我有了头发。"说完，他真的捋了一下自己的光头。"哈哈哈……"他大笑，大家也跟着一阵狂笑。

当然，杨晓逢也不掩饰苏老师对自己的喜欢。她说，这个世界上没有不偏爱的老师，只要他不刻意讨厌差生，能把一碗水端平，都是好老师。

4

这个秋天，班里新转来一个男生，样子像郭敬明，却比郭敬明瘦得还要离谱，一说话，满嘴"中""不中"的，乡音婉转。大家都管他叫"小敬明"。

班里只剩下后排靠墙角的一个位置了，"小敬明"坐在那里。好几次，他都嚷"看不到黑板"。刚来，就要高待遇，将就着吧。对于"小敬明"的苦衷，大家谁也不搭理。

只有杨晓逢例外。

一天，杨晓逢一把扯住"小敬明"的胳臂，说："喂，求你件事。”“小敬明”一惊：还会有人求我？他犹疑的神色里，到处是吊桶——七上八下的。

“哦，是这样。我这个位置离黑板太近了，最近感觉眼睛不大舒服，我想和你换换，不知道你是不是方便？”

“方便。”“小敬明”说这话的时候，没有任何拖泥带水。

教室的前三排，这个被苏老师认为是学习“风水宝地”的最佳位置，杨晓逢居然拱手让给了别人，真是“杨柳堆烟，帘幕无重数”。

“你怎么把那么好的位置便宜了他？”杨晓逢的密友田冉冉愤愤不平。“你知道‘小敬明’的爸爸是谁吗？”面对密友的责问，杨晓逢故作神秘地抛出一个问题。

“不管他是谁，哪怕是再大的官、再有钱的款儿，咱们也没必要为他让出一个位置！”田冉冉依旧满腔的愤慨。

“不。”杨晓逢赶紧解释，“你还记得前一阵子报纸上宣传的那个二十年默默拿出钱资助山区失学儿童的人吗？他，就是‘小敬明’的父亲。”

“为善良让了一个座位，不会让自己少了什么。”杨晓逢拍拍田冉冉的肩膀，笑眯眯地说。

5

田冉冉是杨晓逢的死党。

田冉冉小时候患过脊髓灰质炎，走路一瘸一拐的，少有人愿意和她玩，杨晓逢却始终与她在一起，形影不离。田冉冉的家在农村，假期的时候，杨晓逢还跑到农村去，在田间地头，与冉冉一起摘菜、打药、收拾棉花。有人问冉冉：“和你在一起的人是谁？”冉冉自豪地说：“我姐姐。”

是的，在田冉冉心里，杨晓逢是最好的姐姐。

田冉冉的成绩中等靠下，因为和杨晓逢在一起，她从来没有自卑过。然而有一天，田冉冉突然和杨晓逢说：“晓逢，以后咱俩不要来往了。”田冉冉说这话的时候，杨晓逢正在拖教室的地板，她一惊，拖把卡在暖气片的缝隙里，怎么也拔不出来。

“你怎么啦？”杨晓逢以为田冉冉在发烧。

“语文老师今天上课说，朋友即未来，你有什么样的朋友，就有什么样的未来。我觉得自己一无是处，怕影响了你，所以……”话说到这儿，冉冉眼里泪花闪闪，都快哭了。

“什么呀，傻东西。”杨晓逢一把扯过田冉冉，把她的一只手攥紧在自己的手里，“亏你长这么大，还这么信命！更何况，你哪里理解了老师的意思？老师只是想说交友要慎重，一个坏朋友会对一个人的人生有影响，你觉得你坏吗？”

冉冉摇摇头。“那你胡说什么呀！”杨晓逢一撒手，田冉冉打了一个趔趄。冉冉才发现，刚才，自己的手被晓逢攥得生疼。看来，晓逢是真生气了。

杨晓逢伸出食指，田冉冉心领神会，也伸出了食指，两根手指头紧紧地勾在了一起。“从此以后，我们就是最好的姐妹，永不分开。”两人异口同声地说。

“哇——”，这一次，田冉冉是真的哭了。

6

也不知道是哪个冒失鬼，写了一张暧昧的字条，夹在了杨晓逢的书里。

做值日的时候，一个男生正好碰掉了她的书，字条便从缝隙里，翩然飞出来，像一只轻盈的蝴蝶。哈哈，杨晓逢谈恋爱了！拾到字条的男生，当即眉飞色舞地向班里宣布了这个消息。平地一声惊雷，班里一下子炸开了锅。

杨晓逢一脸的莫名其妙，说：“你胡说些什么呀？”一把扯过那张字条。看完字条后，她一下子趴在桌子上，呜咽着哭起来。是的，不知道是谁，在字条里，向她表达了不该表达的东西。

多少个日子，不是课本，就是习题，学习生活被简单地复制着，单调，沉闷，乏味。所以，杨晓逢谈恋爱的事情一经公布，枯燥的生活，便一下子浓墨重彩起来。大家你一言我一语，猜测着那个写字条的家伙。最离谱的，有同学说，写字条的，该是高二（5）班的刘磊。刘磊既是帅哥又是才子，只有他，才配得上给杨晓逢写呢。

大家的推测也不是没有道理，给杨晓逢这样的美女加才女写情书，没有点儿资格，那是闹着玩的吗？

这是恶作剧，还是有谁真的想有所表白？此后的几天，杨晓逢的情绪都很低落。她把这件事，在心底，一点点捋过来、捋过去，想弄个水落石出。但是，谜团像缭绕在山谷里的云雾，依旧深深不知深几许。

要是查出是哪个缺德的家伙，一定“杀无赦”“斩立决”！田冉冉拿着那张字条，比照着班里的习字作业，一份一份地对笔迹。田冉冉一边查，一边骂，语气肃杀得像被秋风打过似的。

但最终没有眉目。

一天，杨晓逢和田冉冉站在操场高高的看台上看夕阳。杨晓逢把那张字条拿出来，对折了几次，把它撕得粉碎，然后，向空中一抛，纸片像雪花一样飞扬下来。

“冉冉，没什么。生活中，总会有许多的意想不到，或许，这才叫青春，五彩的青春。”杨晓逢说这话的时候，夕阳照在她的脸上，一片美丽的金色。

我把自己扶起来

高考放榜的那天，晓静哭了整整一个晚上。

第二天，她站在了班主任李老师面前，劈面问："老师，我是不是没有上大学的命？"她的话冷冷的，弥漫着绝望之后的苍凉。

李老师的心一惊。是的，这是晓静第二年复读了。

晓静虽说是个女生，但更多的时候，她表现得像个男孩子。她说，她得像个男人，这样好让母亲有主心骨。晓静的父亲前些年去东北做买卖，结果一去不复返，在那边另成了一个家，撇下了晓静娘儿俩。开始，母亲要死要活地闹。晓静说："妈，这个世界，谁离开谁都能活。没有他，咱们一样能活得好。"

一个柔弱的女孩子，撑起了一个家。

晓静学习十分刻苦，成绩一直不错，平时每次考试，名次总在年级前50名。实际上，她只要随便答，就可以轻松考到600分。也许，她太过紧张了，连续三年高考，她的成绩都低得令人难以置信。

命运，似乎有意跟这个可怜的孩子开玩笑。

李老师问："你信命？"晓静低着头，一言不发。此刻，她正笼罩在宿命论的阴影里，无法挣脱。

"我也信过命。"李老师的这句话刚出口，晓静猛地抬起头，略带惊疑地看着他。显然，老师的回答有些出乎她的预料。

"是的，我也曾信过命，和你一样。"说完，李老师摊开双手，一边给她看，一边说，"你看，我手指的骨节粗吗？"

晓静不知道老师的葫芦里卖的什么药，看看手，又看看老师，满脸疑惑。"老师，这怎么啦？"她问。

"哦，这里边有一个故事，我讲给你听。"老师收起双手，接着说，"我参加高考的那年，和你一样，落榜了。由于家里很穷，人们都劝我别上学了，说祖坟上没有那棵草，上半天也没用。村里有一位老先生，人们都很尊敬他。有一天，他抓起我的手，仔细端详了端详，叹了口气说：'你没考大学的命，你就是一个干庄稼活的。'说完，他指着我的手，解释说：'你看你的手指头，又短又粗的，不像贵人的手。贵人的手指要纤长，凤爪似的才好。'为此，我曾经偷偷地留意过那些考上的同学，果然，他们的手指头，都细皮嫩肉，又细又长的，跟老先生说的一样。再看自己的手，不觉自惭形秽，无尽的自卑和绝望在心底翻滚着。那时候，我真的有点儿认命了。”

“那……后来呢？”或许，相同的遭遇激起了晓静的共鸣，她急切地想知道后来发生了什么。

“后来，我还是复读了一年。那一年，我不是为自己复读的，我是为天底下所有和我一样长着短粗手指的人复读的。我忍辱负重，咬着牙坚持了一年。我当时只有一个念头，那就是打破宿命，推翻魔咒。记得高考成绩下来的那一天，有人说我考上了，我没敢相信。直到，我对着成绩单，用我短粗的手指头比画着一点点认真看完，才彻底确信：自己考上了。”

“好！太好了！”当李老师讲到这里，晓静轻轻地击了一下掌，发自内心地为这一结果叫好。

“所以，对于命运，我们可以敬畏，但绝不能迷信。而要破除这宿命，是需要一点儿不屈不挠、不服输的劲头的。你说呢？”李老师语重心长地对晓静说。

“是。老师，我知道自己该怎么做了。”晓静说这话的时候，紧紧地握住了自己的拳头。

晓静最后选择了继续复读，她差不多是那所学校唯一有勇气复读三年的学生了。走在校园里，学生们偶尔也指指点点的，但她从来没有在意过，一如既往，有说有笑的。她成了校园里一道别样的风景。

命运没有再难为她，第二年，晓静考了630多分，考取了北京的一所有名的高校。

报到的前一天，晓静去看望了李老师。晓静说："老师，过去的这一年，我觉得自己真正长大了。您说得对，对于命运，可以敬畏，但绝不能迷信。是的，当一个人不再被宿命主宰和左右的时候，天底下，也就没有什么可以阻挡住成功的脚步了。"

"另外，还有个秘密，我得向您透露一下。"晓静说完，故意神秘地背起手，有些顽皮地看着李老师。

"什么秘密？"李老师"丈二的和尚"——有些摸不着头脑。晓静突然从背后抽出手来，摊在李老师面前。李老师的脸顿时红了，他惊讶地喊："天哪！你的手指居然也……"

"是的。老师，我和您的手指是一样的。不过，一个道理在我心中已永难磨灭：什么样的手，不会决定一个人的命运，但，一个人的命运，一定掌握在自己的手中。而且，在跌倒的时候，我懂得了自己站起来。"

说完，晓静一脸的骄傲和自豪。

叁

生活对爱的最高奖赏

大爱无涯

父亲说："要不，你还是去县城看看吧。"

声音刚落，便见父亲背着一大捆青草回来了，一斜身子，进了院门，一屁股坐在羊圈前的土台上。我跑着过去给父亲解绳扣，父亲说："没事，我来吧。"

父亲一缩身子，从草背中退出来，也没有急着去解绳扣，掏出一根纸烟，吧嗒吧嗒地抽起来。父亲说："也没啥丢人的，没考上就没考上，去看看到底考了多少分。"

高考结束后，一直没有考试的结果，有人谣传我考上了，也有人说些风凉话。我一直闷闷不乐的，也不愿出院门，整天整天在家里待着。父母亲很替我着急。有几次，母亲背着我在西厢房和父亲说："这可怎么办啊？别把小子给憋坏了。"之后，便是父亲长长的一声叹息。

很长一段时间，父母一直小心翼翼，吃饭的时候待我像客人似的，谈话中也极力回避高考的事。有几次，父亲劝我到亲戚家去转转，我粗声粗气地回绝他，父亲也不计较，在一旁蹲着默不作声。快大秋了，地里的菜籽成片成片地黄，父母也不敢叫我去割回来。每每下地时，母亲总是说："小子，看着猪，别让它进了家。"其实，门严严实实的，猪又怎能进去呢?

我知道，这是母亲给我台阶下。

其实，那些天，我一直在想，如果考不上，就去大同做工去。姐夫在建筑队，二舅下煤窑，庄户人家的儿子，有的是苦力气，找他们卖苦力算了。但在内心深处，又分明不甘心。

后来，村里的人说得更乱，父母便也有些招架不住。父亲终于在这天打破了沉闷的局面，要我去县城看看去。

第二天，天还没亮，父母就爬了起来，张罗着给我做饭。我也要起，母亲说："睡着吧，天还早呢。"蒙胧中，听到母亲对父亲说："把小子送到小坝子村，要送他上了车。"父亲应了一声。"路上多开导他，考不上也别让他瞎想。"父亲又应了一声。

走的时候，父亲说："我送你去。"我说："这么大了，谁用你们送。"但父亲坚持要送我。于是，我远远地走在前边，父亲走在后边。父亲和我说上一句话，要紧跑几步，等我沉闷地应了后，便又很快地被我甩开了。我听着父亲在后边气喘吁吁地追我，我说："爹，你回去吧。"父亲说："我没事，我没事，我送你上车。"

等车的工夫，我和父亲无话。父亲焦躁不安地往山那边张望，盼望着山道上能尽快看到班车的影子。父亲问我热不，我说不热，父亲还是胡乱地在我的脸上擦了一把，一会儿又小跑着从附近的农家给我舀出一瓢水来，说："车大概还来不了呢，先喝口水。"我说："你先喝吧"。父亲说，他不渴。等我咕咚咕咚喝个差不多了，父亲才一仰脖子，把我剩下的水喝光了。

车来了，父亲一下子急得手足无措，忙不迭地把我推上车。车上人很多，我抱着根栏杆站着。父亲在车下说："找个地方坐，找个地方坐。"我没有搭理父亲。等到车启动以后，我突然发现父亲瘦小的身影，在后边紧追着班车，手里挥着他的帽子。父亲一边追一边喊："考上考不上都赶紧回来，别瞎想啊……"

我一闭眼，泪水便淌了出来。

去县城后，我也没敢去学校，看到几个同学，见他们没有提到我的事，便知道自己没考上。随后，我就到要好的几个同学家玩去了。有一天，我遇上另外一个同学，他突然有点儿诧异地说："你怎么在这里？你爹到学校找了你好几趟了。"

我心里猛地一惊，当天从同学家赶到县城，又跑到学校。班主任老师说："你爹找了你好几趟了，着急得不行。"我问：“我爹呢？”“回去了！”班主任老师显然也有些迁怒于我了。

第二天，我坐上车，火急火燎地往家赶。在小坝子村下车后，到家还有八里路，我甩开腿，一边走、一边猜想着家里的情形。转过一座山梁的时候，我突然看见空阔的山路上有两个人影急急地往这边赶，等稍微走近一些的时候，看清楚是父亲母亲，就赶紧小跑着奔了过去。母亲可能也看到了我，突然就呆呆地站立在原地不动了。我走过去，母亲啜泣着，泪水一颗一颗地落在褂子的前襟上。父亲在一旁忸怩不安，嘴里叨叨着：“小子都回来了，你还哭啥呢？小子都回来了，哭啥呢？”

原来，母亲正打算和父亲一块到县城去找我。

回去后，母亲把锁好的门一道一道打开，从堂柜里挖了几碗上好的黍米，说：“今天中午咱们吃糕。”说完，便在锅里“咣当咣当”地淘米。末了，母亲和父亲去推碾子，我要跟父母去，母亲说：“你先歇着，有我和你爹就行了。”父亲也在一边说：“没事，没事，有我和你妈就行了。房梁间别着几本古书，拿下来，躺着看一会儿吧。”

随后几天，我跟着父母下地割草、捡菜籽，并且开始有说有笑了，父母的眉头也舒展了许多。其实，父母并不知道令我释然的原因，那就是我决定到建筑队去干小工。这个事我也没有和父母说，我只是暗暗地做着打工前的准备。

父亲那几天常常出门。问母亲，说是父亲去了亲戚家，有时候一走两三天。我也没有理会父亲具体去做什么。我沉浸在逃脱学业的轻松当中。我耐心等待着姐夫回来，然后让他领着我到大同打工去。

然而，让我意想不到的是，突然有一天，家里来了几个同学，一顿饭吃过后，同学几个邀我一块回去复读。我把我的想法告诉了大家，同学们纷纷说我傻，分析了我在学习上存在的许多优势。他们在我家住下后，又劝了我一个晚上，我便有些回心转意。第三天，母亲从米柜里给我找出300块钱。我去复读了。

一年之后，我考上了。几个同学给我讲了一年之前的那个故事。原来，父亲借口去亲戚家，却是风尘仆仆地到周边的各个村找同学们，求他们劝我回去复读的。同学们说："当时你爹一再叮嘱我们，不要把他找我们的事告诉你。"

那一刻，我突然理解了父亲。我竭力地咬了咬嘴唇，但泪水还是禁不住流了下来。这就是父母对子女的爱啊，宽厚，无私，贴心贴肉却又全心全意，丝毫不顾及自己心底受过多少伤害。

大爱无涯。

飞翔的学费

初秋的天，有些热。

他走在前面。父亲离他不远，走在后面。

“爹，别送了，回去吧。”他回头看了一眼父亲。父亲没作声，继续跟在他后边。“爹，你回去吧，我一个人能行。”他又开始催促父亲了。父亲含混地应了一声，停下了脚步。

“凡事小心点儿，多留个心眼。”父亲又叮嘱了他一遍，然后扭头蹒跚地往回走。父亲年轻的时候开山炸石，被一块石头砸在了脚背上，留下了残疾，走路一瘸一拐的。

望着父亲逐渐远去的背影，他心里酸酸的，不是滋味。这次去大学报到，本来父亲说好了要去送他的。然而，临行的时候，父亲还是变了卦。也许，父亲太在意自己的跛足，怕自己的形象给上大学的儿子丢人。

“小二，你等等。”还没走出多远，父亲在背后喊他。不知道什么时候，父亲又踅身回来了，看上去，父亲很着急，走路的姿势摇摆得像一架风车。

他快走了几步，迎上父亲：“怎么了，爹?”“爹，还是不放心你的学费哩。”他下意识地摸了摸缝在衬衣口袋里的钱——鼓鼓的，也硬硬的。这些学费，都是父亲东挪西借筹措来的。就为了这几千块钱，跛足的父亲，走村串乡，不知道跑了多少山路，也不知道说了多少好话。

“这钱，装在口袋里，爹还是不放心。要不，咱换个地方？”父亲像是和他商量，又像是在自言自语。

“那……放在哪儿好呢？”他有些迷惑。因为在他想来，实在没有什么更好的地方能妥善地藏了这比命还重要的钱。

“要不，把钱塞进袜筒里？这样，穿在脚底下，是不是更安全？”父亲眼神中跳跃着兴奋和喜悦，仿佛一颗忐忑的心，就要藏在一个最安全的地方了。

父子俩坐在山路上，小心翼翼地拆开缝在衬衣上的密密麻麻的针脚，把钱分成两堆，极认真地塞进袜底……然后，他再慢慢地穿上鞋，系紧鞋带。

他和父亲站起来。父亲看了一眼他的鞋，说：“这回，该没事了。”也许，父亲是真的放心了，额头上的皱纹一道道舒展开来，蓄积在其中的汗水没遮拦地滑了下来。

与父亲再次分别之后没走多长时间，他便觉得脚底疙疙瘩痞的，不舒服。这段山路虽然只有6千米，但他不知道是不是能坚持到镇里的车站。因为，他觉得脚底下又滑又湿——钱大概已经被汗水浸透了。

找了一个山峁，他坐下来，慢慢脱下鞋，又小心地褪下袜子。他吓了一跳：由于汗水的浸泡，再加上脚底的磨蹭，上面几张钞票已经严重变形，而且，图案也变得模糊不清了。他慌了，赶紧脱下另一只鞋，迅速扯下袜子，抽出里边的钱。也许，那一刻，他吓坏了，吓坏了的他慌得有些手忙脚乱。这时，一阵风刮来……一沓钞票，像平地里惊起的一群蝴蝶，飘飘扬扬，四散飞了起来——

他的脑袋“轰”的一声，一刹那，天塌地陷。

一张张的钱，就像四散了的魂魄，他赶紧四下里寻找。石头下，草丛间，树坑里，沟渠底，远处，近处，高处，低处，他都找遍了。他一边找，一边哭，他不敢回去告诉父亲，怕父亲承受不住这个打击。一直找到下午，仍然有500元钱不见下落。放弃寻找后，他果断地把剩余的钱重新装进那个衬衣口袋里，然后，抱得紧紧的，奔向镇里的车站——也许，他能做的，他该做的，只剩下这些了。

一直到大学，他都紧紧地抱着那件衬衣，以及衬衣口袋里的钱。交了学费，他已经没有一分钱的生活费了。他没有把路上发生的事情告诉学校，只是说，自己家庭困难，需要勤工俭学。系里很爽快，除了在餐厅给他找了一份工作外，还减免了他的一部分学费。

开学典礼之后，他给父亲写了一封信，信里说：一路上，乘汽车，换火车，都很顺利；大学不错，系里的老师对他也不错，一切都好，希望家里不要挂念他。

信寄出去不久，就收到了父亲的回信。信里说：前些日子，有人谣传说，一个学生的钱被风刮跑了，还有人说是你，爹没相信。这事不会发生在咱们身上，爹对你放心着哩。大字不识几个的父亲，只歪歪扭扭回了这么几行字。信的最后，是这样一句话：儿子，你长大了。

霎时，他泪流满面。

瓶水之爱

一个人要出差，这次他去的地方很远，可能还会辗转好多个地方。

临行前，母亲在一旁为他整理行囊，不一会儿，便装了鼓鼓囊囊的一大包东西。他一边翻检着包，一边笑，因为里边必要的东西实在是不多。他说，出远门，不需要拿这么多东西的。于是，他把母亲装进去的东西又一件一件地拿出来。他怕伤害了母亲的心，每拿出一件的时候，都要简单地解释一下。

到后来，他翻出一瓶水——用很大的塑料瓶盛着的一瓶水，他随即把这瓶水也拿了出来。“拿这个也没必要。火车站、码头，到处有卖水的地方，一两元一瓶的矿泉水，极便宜的。带一瓶水，多重啊。”虽然他依旧是笑着说，但看得出来，他心里多少有些责备母亲。

在这之前，母亲一直呆呆地站在一边，由着儿子把她装进去的东西，再一件一件地拿出来。但当儿子拿出这瓶水的时候，她似乎并没有听他的解释，便把那个瓶子拾起来，重新塞在背包里，嘴里念叨着“这个你一定得带上，这个你一定得带上”。

母亲还未放妥当，他又一把把水瓶扔出来：“带这个干什么，这么重，谁愿意背！”看来，他有些生气了。水瓶扔在床上的时候，发出了“咚”的一声闷响。

空气似乎凝滞了一会儿。最后，还是母亲打破了这片刻的沉闷，她有些蹒跚地过去，把那个瓶子又重新装进了包里，说：“还是拿上吧，重就重些。这次你去的地方远，妈怕你水土不服，专门为你装了一大瓶水，到一个地方你就喝一些。有家乡的水在肚里，不容易闹病的。”

母亲接着说：“你小的时候，第一次回北方的乡下，闹起了肚子，那时候妈妈不懂，害得你闹了好长一阵子，人也瘦下去了许多。后来，听说是水土不服的原因，妈就把它牢牢地记在心里。以后再带你回爷爷家，妈在大背包中，总不忘了带上一大瓶水。现在好像也习惯了，一听说你要出远门，就又为你准备下了一大瓶。”

这次他没有动，泪眼婆娑中，看着母亲做着一切。

我们或许不知道，平淡的生活中，藏着许多爱的细节。它琐碎、细小，像一丝风，似一缕雾，淡淡的，藏在生活不起眼的一个环节上。或者说，它更像是一滴水，早已默默地渗透在了生活的深处。可惜，活得很粗糙的我们，往往感受不到。就像这一瓶水，我们更多的时候只把它简单地看成了一瓶水，殊不知，在水的晶莹中，含着母亲玲珑剔透的心。

生活对爱的最高奖赏

一个鞋匠，在这条街的拐角处摆摊修鞋有好多年头了。

有一年冬天，他正要收摊回家的时候，一转身，看到一个孩子在不远处站着。看上去，孩子冻得不轻，身子微蜷着，手已经冻裂了，耳朵通红通红的，眼睛直愣愣地盯着他，眼神呆滞而又茫然。

他把孩子领回家的那个晚上，老婆就和他怄了气。对于这样一个流浪的孩子，又有谁愿意管呢？更何况，一家大大小小的几口人，吃饭已经是问题，再添一口人岂不更显困窘？他倒也不争执，低着头只是一句话：“我看这孩子可怜。”然后便听凭老婆劈头盖脸地骂。

尽管这样，这孩子还是留了下来。鞋匠则一边在街上钉鞋，一边打听谁家走丢了孩子。

两年多的时间过去了，并没有人来认领这个孩子，孩子却长大了许多，懂事听话，而且也聪明。这家人逐渐喜欢上了这个孩子，家里即便拮据，也舍得拿出钱来，为孩子买穿的和玩的。街坊邻居都劝他们把孩子留下来，老婆也动了心思，有一天吃饭，她对鞋匠说："要不，咱们把他留下来吧？"鞋匠闷了半晌没说话，末了，把碗往桌上一丢："贴心贴肉，他父母都快急疯了，你胡说什么？"

鞋匠还是四处打听，他一刻也没有放松对孩子父母的找寻。他央人写下好多的启事，然后不辞辛苦地贴到大街小巷。风刮雨淋之后，他就重新来一遍。甚至一旦有熟人去外地，他也要让人家带上几份，帮他张贴。为这个事，他还找过报社和电视台。他把该想的办法都想了，他心中只有一个念头：一定要找到孩子的父母。

终于有一天，孩子的父母寻到了这个地方，但只是说了几句感谢的话，就急匆匆地带着孩子走了。左右的人都骂孩子的父母没良心，鞋匠却没有计较多少。后来，一起摆摊的人都揶揄他，说他傻。他只是呵呵地笑，什么也不说。

生活好像真拿鞋匠开了玩笑，这之后便再没有了任何音信。后来，他搬离了那座小城，一家人掰着指头计算着孩子的岁数，希望长大了的孩子能够回来看看他，但是，也没有。再后来，又数次搬家。然而直到他死，他也没有等到什么。

若干年后，有一个人因为帮助寻找失散的人成了名，他在互联网上注册了一个关于寻人的免费网站。令人们惊奇的是，网站的名字竟然是鞋匠的名字。在网站显要的位置上，是网站创始人的“寻人启事”，而他要寻找的，就是很多年以前，曾经给过流落在街头的他无限爱和帮助的一个鞋匠。

网站主页上，滚动着这样一句耐人寻味的话：

当你得到过别人爱的温暖，而生活让你懂得了把这温暖亮成火把，从而去照亮另外的人的时候，不要忘了，这就是生活对爱的最高奖赏。

两颗纽扣的爱情

有这样两颗纽扣，一颗在上衣的前襟上，一颗在袖口上，然而他们相爱了。

他们的相遇纯属一次偶然。有一天晚上，他们的主人醉醺醺地回了家，随意把上衣往沙发上一丢，一只袖管正好搭在了前襟上。他们便相遇了。

初次见面，就是这样的一次清淡如水的邂逅。他淡淡地说："你在这里。"她也淡淡地说："你在这里。"然后，他们彼此都深深地打量对方，从眼睛到心灵，再从心灵到眼睛。他的心中有一丝触动，说不清是什么。她的心中也有一丝触动，说不清是什么。

像所有的爱情情节，随后，他们谈起了各自的遭遇。他的过去坎坷曲折、满蕴沧桑，她的过去虽然平淡但幸福有趣，他们都被对方感染和陶醉着。他发现，他愿意把心底的话说与她听。她觉得，她喜欢来自他的倾诉。他说："袖管是个偏僻的地方，在那里，我卑微而孤独。"她安慰说："那多好啊，孤独可以安享内心的安宁。倒是前襟这个地方很不好，喧哗、躁乱、红尘飞舞，让人生厌。"他也安慰她说："在迷乱的世事中沉静自己，或许可以使你的生活更厚重。"

那一夜，他们的谈话深入心灵。可惜的是，早上的时候，还没来得及告别，他们就被主人阔大的身体分开了。那一刻，他似乎挣扎了一下，但主人粗壮的胳膊一伸进去，他们便一个在天之涯、一个在地之角了。

两颗素昧平生的纽扣，就这样，脱离了世俗的链条，在灵魂的相互仰望中萌生了爱意。他们彼此思念着对方，然而，却很少有见面的机会。他想，如果能见上她一面该有多好啊，他将把所有想和她说的话说完。她呢，也天天盼望着能有机会见上他一面。有一天晚上，他不顾一切地挣脱了几缕线的束缚，披星戴月来到了她的身边。一见面，他们便相拥而泣。

第二天，主人发现前襟上无端多了一颗扣子，便交给了女主人。女主人一剪刀下去，他便又回到了袖口的位置上。几天之后，他又不顾一切地跑到了前襟上，女主人"咔嚓"一剪刀。这次，他没有回到袖口上，她也没有能够继续待在前襟上。

他们被扔掉了。

接下来，便是梦魇般的无休止的流浪。先是垃圾堆，然后一场风，又是一场雨，他们从一个肮脏的地方流落到另一个肮脏的地方。风吹，日晒，雨淋，他们似乎已经顾不上这些了。他们不停地奔波，只想着能有一个落脚点，因为这种辗转和流浪，已经使他们失去了属于自己生命的位置。

没有一种颠簸和流浪的爱可以赢得浪漫，也不会有一种爱可以是虚无的空中楼阁。他们发现，任何痛苦都可以产生哲学，包括爱的哲学，也必定是痛苦的涅槃。

终于有一天，有一位老大妈把他们捡拾起来，他们出现在了同一件汗衫上。这回，他们的距离还是远远的，但彼此都感受到了无法言说的幸福。他说："我希望就这样下去，不求朝夕相处，但求心灵在彼此的仰望中永恒。"她说："是的，经过这样的一场劫难，我懂得了：上帝为爱安排距离，或许就是让生命给生命以全心全意的牵挂。"

那一次流浪，让他们发现了世界上最美的相爱。

谁拉你走向了平庸

有这样一个试验：

一个长跑运动员参加一个5人小组的比赛，赛前教练对他说："据我了解，其他4个人实力并不如你。"结果，这个运动员轻松地跑了个第一名。后来，教练又让他参加了另外一个10人小组的比赛，教练把其他人平时的成绩拿给他看，他发现别人的成绩并不如自己，他又轻松跑了个第一名。再后来，这个运动员又参加了20人小组的比赛，教练说："你只要战胜其中的一个人，你就会胜利。"结果，比赛中，他紧跟着教练说的那个运动员，并在最后冲刺时，又取得了第一名。

后来，换了一个地方。赛前，关于其他运动员的情况，教练并没和他沟通过。在5人小组的比赛中，他勉强拿了一个第一名。在10人小组的比赛中，他滑到了第二名。在20人的比赛中，他仅仅拿了一个第五名。

而实际的情况是，这次各个组的其他参赛运动员与第一次的水平完全相同。

这不由得使我想起自己上学的故事来了。

在小学的时候，自己是班里边的佼佼者，觉得第一非自己莫属。升到了初中之后，人多了，觉得自己能考前10名就不错，于是一旦考到了前10名，便沾沾自喜。高中之后，定的目标更低，即便考试稍有出入，也会安慰自己道：高手这么多，已经不错了。就这样，一步步从优秀走向了平庸。

是的，生活中，不会永远有人告诉我们竞争对手的实力和能力。于是，面对着周围越来越多的人，我们开始茫然不知所措，或者妄自菲薄，主动地把自己“安排”到一个较低的位置上。这也许是前进的路上，许多人都要走的一条路。

一个著名的企业经营家曾经说过，一个优秀的人才，他的自信力恒久不衰。是啊！一个人如果对自己缺乏自信心，不论有多大的才能，都不会淋漓尽致地施展出来。即便自己曾经是一块金子，一旦缺乏自信心，也会让自己黯然褪色为一块铁，甚至甘心堕落为一粒沙子，长久地掩埋在沙土里，不被外人发现。

我们原本是优秀的。只不过，是我们缺乏自信心的内心，一步一步把我们从优秀的高地上拉下来，一直拉到了平庸的位置上。平庸，是人生的一场灾难，也是人生的悲剧。只是，更多的时候，是我们自己，为自己导演了这场灾难和悲剧。

喜欢上你的纠缠

"词人秦观说：'两情若是久长时，又岂在朝朝暮暮。'"

她斜了他一眼，笑了笑说："那是词人在乱说风月，怎么能当回事呢？更何况，秦观好像是在说牛郎织女啊，我们只是些食人间烟火的凡人，又怎么能跟神仙相比呢？"

这个黄昏有些酽。阳光还在客厅的四壁逗留着、纠缠着，是才下眉头却上心头的那种。他坐在沙发上，半是慵懒，半是闲适，用手中的遥控器频繁地换着台。在一边忙活的，是他的妻子，略带些温婉，略带些娴静，正在为将要明天出差的他，收拾着。

妻子是大学的副教授，他在一家企业当工程师。他们结婚有些年头了，但似乎又并不长。一边整理，妻子一边问他：

“你还记得上次出差是什么时候吗？”他挠挠头，想了想，最终没有说出来。

“是今年的4月17日。”妻子似乎也并没有刻意等他的回答，便接着说，“那天你走之后，便下起了连绵的春雨，到了晚上，好像下得很密，一直很晚了，也没有停……”

他换频道的手突然顿了一下。

他想起来了。上次出差的时候，妻子不愿让他走。送他到了机场后，候机大厅内，他们执手相看泪眼，弄得他差一点儿没走成。没想到，他走之后，妻子竟然一宿不得安眠。

他悄悄地瞟了妻子一眼，几乎整个黄昏，妻子穿梭于几个房间之间，为他准备着出差所需要的一切。

“衣服都在里边，到时候自己换。”

他“嗯”了一声。

“胃药在旅行包的夹层里，白片轻易不要吃的，伤胃。”

他又“嗯”了一声。

“记着吃软乎热乎的东西，千万不要喝酒……”

他笑了笑，应了妻子一句：“我能照顾自己的。”

“谁不知道啊，你太懒，我就是不放心你……”妻子说完后，不知道为什么，把刚刚整理好的东西又一样一样从包里拿出来：衣服、洗漱用具、刮胡刀、手机备用电池、药片……然后又小心翼翼地一件一件放进去。

客厅的黄昏愈发地酽了，浓得有些化不开。妻子又在卧室里找了一会儿东西，突然一屁股坐在沙发上，仰着头说："明天，还是别去出差了。"

他笑了笑，说："不出差就上不了班了。"

"上不了班，咱们就不上了。"

"上不了班，就吃不上饭了。"

"吃不上饭，咱们就不吃了。"

…………

妻子的眼中迷离着一种东西，到底是什么呢？他也说不清楚，只是感觉闪闪烁烁的，让人觉得可爱。他想一把揽过妻子，但是他没有，反而起身走到妻子收拾好的旅行包前。

包还没有拉上拉锁，上面静静躺着的，是一包糖，是他最喜欢吃的那种品牌的奶糖。轻轻翻翻，有几颗糖已经黏结在了一起，不好分开了。

不知道为什么，他突然喜欢上了它们黏在一起的感觉。

不该丢掉的东西

都在等车。

他到报亭买了一份当地的晚报，又重新坐在自己的座位上。报纸厚厚的一沓，60版。他想，把这份报纸从头到尾看完，也就该检票了吧。

他的对面，是几个蓬头垢面的民工，可能正要返乡，地上堆着几个特大号的尼龙袋子，袋子里臃肿地装着些东西。他们当中，有一个女人、一个孩子，也一样蓬头垢面地蹲坐在那里。这些农民工！他叹了一口气，想离他们远一些。他四下里看了看：整个候车室都满满当当的，好像没有空余的座位了。

他们说话的声音很大，姿势也很张扬。他接了一个电话，对面吵嚷得几乎让他听不到电话里的声音。他几次都想发作，转念一想，和几个农民工讲道理，有什么必要呢？打完电话后，他继续看他的报纸。倒是那几个人，在一阵说笑过后，逐渐消停下来。

过了一会儿，那孩子好像饿了。一个大约是孩子父亲的男人从尼龙口袋里拽出一个碗面来，那碗已经压得有些变形。男人出去了一阵子，再进来的时候，面已经泡好了，升腾着些热气。男人小心地递给孩子，蹲下来，半跪在孩子面前，双手摊开，接在碗下面。他想，这个孩子的父亲一定是怕洒了的残汤剩面脏了地板，才接在下面的吧。然而，当他看到男人把孩子掉在手心里的面条吃了的时候，他笑了，无奈地摇了摇头。

随后，他发现那个男人朝他这边看了一眼，又看了一眼。他有些纳闷。他想，难道是自己脸上表现出的某种不屑被男人看了出来？不像，因为男人的眼神里没有怨恨和愤怒。难道是报纸上有什么醒目的图文？他翻过报纸来，报纸上是密密麻麻的蝇头小字，也并不惹眼。

对了，他一下子明白过来，男人一定是看上他的报纸了。待一会儿，男人就会借口看看报纸，而把他的报纸据为己有，或者在火车上用，或者干脆带回家。

他为自己的聪明而兴奋着。但是，他不想让这个男人得逞。他开始考虑当这个想占便宜的男人靠近他的时候，如何一口回绝，好让这个男人灰溜溜地滚开。

果然，小孩吃完方便面后，那个男人便站起来，径直向他走来。

"先生……"

他有些想笑，为了几张报纸，这个农民工居然还要喊出"先生"。他等待着下文，想听听这个男人计划用何种口吻向他借报纸。

"先生，你看，你的手机掉了。"

什么？他摸了一下口袋，空的。再一看，手机果然掉在了旁边的座位上。看来，刚才他接完电话的时候，并没有把手机装好。

他有些窘迫，想说什么。那个男人不由分说地拿起手机来，一边递给他，一边笑着说："出门在外，千万不要丢了什么东西。"说完后，那个男人就退回了自己的座位上。

他想，他那个时候一定已经无地自容了。他不知道，他在怀着恶意揣度一个农民工的时候，那个人却正用心底的善良帮助了他。

其实，他也是一个农民的儿子，进城还没有多少年。他把手机装好的那一刻，他突然发现，他实际上已经丢了好多东西。

千万不要丢了什么东西。他在以后的人生中，不断这样命令着自己。

高贵的生命

办公楼前有几棵不知名的小树，迎春花开得正浓烈的那天早上，它们也开出几朵小花来，淡白色，指头大小，零星地点缀在枝头，样子很不起眼。注意到它们的时候，我叮嘱自己，黄昏的时候，来看看这些琐碎而美的小花。然而，等我傍晚时分去的时候，它们已经谢了。光秃秃的枝头上，连一丝馨香也没有留下。

只匆匆地美过了一个早晨，这些花就谢了。或许，它们在开放的一刹那，并不为谁而美，所以不需要去等待谁。它们按照自我生命的节奏、自我心灵的需要，来选择开放或凋谢，无须看别人的脸色、听别人的指令。

我认识这样一位老伯，从文化馆的位置上退下来，挣的钱并不多，但活得非常有情趣。他琴棋书画几乎样样会，每次见到他的时候，不是在写字作画，就是在一板一眼地哼唱京剧。黄昏时分，城外的一条林荫小道上，常有他散步的身姿。每年旅游的黄金季节，风景旖旎之地，常有他远足的背影。他住在三间并不宽敞的屋子里，却活得神清气爽。他常和我说的一句话就是：人这一辈子，不要想太多，让心里快活，就是没白活。他说这句话的时候，神飞意逸，气宇轩昂，眉宇之间透露着一个生命本质的高贵。

一个听命于自我心灵的人，就是一个高贵的人。一个听命于自我心灵的生命，就是一个高贵的生命。

我很喜欢《红楼梦》里贾宝玉的丫鬟晴雯。按身份说，她应该是贾府的一个奴才，但在整部《红楼梦》中，她敢想敢做敢说，是心灵活得最为自由的一个奴才。身处他人屋檐之下，却能活至如此，她身上，有着一个生命巍然凛冽的高贵。可惜，王夫人憎恶她的姿容，容不下她，最后害了她。贾宝玉一篇冗长艰涩的《芙蓉女儿诔》，我读出来关于这个女孩子的只有两个字：高贵。

一个高贵的生命，困窘的环境改变不了他的高贵，艰难的命运同样改变不了他的高贵。这和一个人所处的地位高低、所拥有的金钱多少关系不大。宝马香车、别墅洋房，只能让一个人拥有身份，却不能让他拥有高贵。说到底，一个生命的高贵，是从自由的心灵里飘散出来的一种芬芳，是一种举手投足间的恬淡气质、一种言谈行止上的闲适风度。高贵的生命，往往懂得优雅地侍弄生活，轻松地经营人生。

这个世界，能为自我的心灵而活的人，就是一个高贵的人。可惜，光怪陆离的社会里，有许许多多的东西需要去抓住、占有，有许许多多的关系需要去周旋、平衡，好多人的心灵已经疲惫得一塌糊涂了。

你的名字会被记多久

那个晚上的影片好像是南斯拉夫的《桥》，他正要走进电影院，一个青年拦住了他。

那个青年看上去很焦急，说："这位大哥，售票处已经买不到票了，您能把手中的票卖给我吗？"他一愣，有些为难。他问："你有没有问过别人？""问过很多人，他们都……"青年的脸色有些黯然，"要不是为了母亲，我也不会麻烦您的……""你母亲？""是的，我们从乡下来，我想领着母亲看一场电影。"

就因为这份孝心，那天他毅然把票给了青年，没要一分钱。青年除了千恩万谢，还郑重地问了他的名字。

这是纷繁的生活中极为普通的一个场景。好多年了，他几乎都把这件事忘记了。有一天，他走在街上，有一个人轻轻地喊他的名字。他一看，站在他面前的是一个笑容满面的中年人。他极力地从记忆中搜索着这副面孔，但脑海中一片空白。

中年人说："大哥，您还记得您给我的那张电影票吗？那一年，我从乡下来，给母亲看病。母亲病得很重，医生说得动手术，我怕母亲不能活着从手术台下来，就想领着母亲看一场电影。那天，多少人都拒绝了我。只有您，慷慨地把票给了我。您知道吗？我母亲手术后又活了一年，那一年里，每当她幸福地说到'我在城里看过一场电影'这句话的时候，我就在心里带着感激一遍一遍地默念着您的名字。是的，大哥，这么多年了，我一直忘不了……"

这是朋友的父亲在一次吃饭时给我们讲的一个故事。就在那次酒席上，他颇有感慨地说："我就做了那么一点事，却让一个素昧平生的人记住了我的名字，而且一记就是这么多年。说真的，他喊出我名字的那一刻，我还是觉出了一种无法言说的幸福。我是说，你们以后的路还很长，你们能把自己的名字留在别人的脑海里多长时间呢？"

一语惊心。是啊，这个世界上，有许多人的名字已经被时光的风吹得无影无踪了，而另一些名字，因为爱——爱的付出与给予，却在风中成了不倒的丰碑。

在纸上盲目地追问人生意义之前，你在心底问过自己这样一个问题吗？

我的名字被谁记住了，他们将会记多久？

十五年的一个擦肩而过

这个世界上的每一瞬间，都发生着让我们意想不到的事情。

盛夏的时候，去省城开会，我遇到了久未谋面的一位朋友。这位朋友是我高中时候的同学，现在在一家建筑公司当包工头，虽未至腰缠万贯，但有房有车，日子过得红红火火。

席间，我们不禁唏嘘感慨。一晃这么多年过去了，他比以前胖了许多，也白净了许多。我们谈起了过去，谈到两人为逃学看电影如何和老师捉迷藏，如何在冬日的火炉上煮揪面片，如何在一个被窝里睡觉，等等。这些往事，我们谈得兴致盎然，也不时惹得旁边他的妻子和女儿“咯咯咯”地笑。

然后，开始谈他一路的打拼。高中毕业后，他挖过煤，筛过沙，干过建筑小工、技工、段长、工长，一直到现在。我的这位同学，有一位常年卧病在床的父亲，很小的时候，他就很要强。我说：“是啊！那时候，伯伯身体不好，你为家庭考虑太多，也没有复习，就一个人挑起重担，这么多年一路过来真不容易啊。”

同学笑了笑，说：“不是，如果单凭这个，我也走不到现在。”

我一愣。同学说：“你还记得毕业那年放榜的那一天吗？”我点点头。他说：“就是那一天，让我狠下决心，决计要让人生混出个模样来。而且，这个决心还和你有关。”

我愈发不明白了。

他说：“那天，我知道你考上了，很为你高兴。我想象着看到你之后我们一起欢乐的情形。大街上，车水马龙，我走到电影院门口的时候，看到了你。你正和其他几个考上的同学一边走，一边谈论着什么。我远远地和你打招呼。可是，你知道吗？你没有搭理我。我又接连叫你几声，你还是没有搭理我。就这样，你和其他几位同学从我的身边走过，连看都没有看我一眼。那一刻，我的心里悲凉到了极点。我的落榜，都没有给过我那样彻心彻骨的感觉。因为，因为你是我最好的一个朋友，然而在考上大学之后，竟然变得六亲不认，我的心中，原来那个熟悉的你一下子变得遥远而陌生起来。”

朋友顿了顿，继续说：“我找了一个僻静的角落，大哭了一场。我才想明白了，一个人，在落魄的时候，是没有人能看得起你的，包括曾经和你好得亲如兄弟的人。哭过后，我下决心，一定要出人头地，绝不让人瞧不起自己。这一晃，十五年过去了，十五年前的情景至今历历在目啊！”

听完他的讲述，他的妻子女儿怔在那里；一样怔在那里的，还有目瞪口呆的我，因为，我压根儿也不知道十五年前还发生过这样一幕。我赶紧解释说：“那一天，我真的没有听到你的吆喝，也没有看见你……”

那一次，他喝多了，也哭了。快四十的人了，哭得涕泗横流。弄得我，还有他的妻子、他的女儿，也一起随他抹眼泪。

十五年前的一个擦肩而过，竟然在一个人的心里产生过如此大的影响。我想，这世间，一定每天都在发生着一个又一个这样偶然的瞬间，伤害了一些人，刺痛了一些人，也成就了一些人。或许，这就是生活吧，我们能够看到的，只是表面的平静，而看不到的，永远是人心底的波澜。

侍弄生命

有这样一户人家，在那个特殊的年代里，被迫从城里流落到乡下。

朋友们送他们走的时候，都落了泪。从小在城里长大的夫妻俩，手无缚鸡之力，除了满脑子的学问外，几乎什么农活都不会做。更要命的是，他们的一双小儿女刚刚牙牙学语。一家人该怎么活啊？望着他们远去的背影，朋友们都很担心。

几年过去了，城里的朋友决定去遥远的乡下看看这一家人。在朋友们想来，这家人一定生活得很恓惶惨淡。于是，他们凑了一些钱，到商店里买了足够多的东西，大大小小装了许多包，开始朝一个叫圪塄营的村庄出发。

汽车在坑坑洼洼的土路上颠簸了很长一段时间，才到了圪塄营。这是一个荒凉的小村庄，没有几户人家。轻轻地进到屋里，朋友们都惊呆了。只见他们一家人围坐在一张破旧的八仙桌旁。桌上，是新沏的茶水，一缕淡淡的清香飘散在空气中。丈夫、妻子、儿子、女儿，四口人每人手里捧着一本书，在这样一个初夏的午后，正静静地埋头读着。

朋友们都知道，原先在城里的时候，男人和妻子就有着这样一个习惯：每天午后，沏一壶好茶，然后在茶香的氤氲中，品茗读书。没想到这么多年过去了，在这样一个荒凉的乡下，他们竟然还保持着这样一个高贵的习惯。几年的艰苦生活，竟没有压垮他们。

据说，这一家人在小村庄里一直这样精神昂扬地生活了十多年。落实政策后，男人又回到了城里，成了一所著名大学的教授；而他们那一双在贫困中长大的儿女，大学毕业后，一个留学于德国，一个留学于意大利。

在一个人出生的一刹那，坚强、勇敢、忍耐……人生这些优秀的品质，就像一颗颗种子，一同降落在了生命深处。那些屈服于命运的人，就是在自我的精神世界里放弃了这些种子的人。而生活中的胜利者，常常是侍弄这些种子的高手。譬如，故事中的那个男人，在生活艰难中，依然饶有情致地组织全家在午后品茗读书，就是他对一颗叫作“坚强”的种子最高雅的侍弄。

所以，这个世界上，只有屈服于命运的人，没有失败给命运的人。

一个人的最后温暖

她是一个孤儿，一直跟着奶奶长大。

上了高中之后，需要上晚自习，很晚才能回来。从灯火辉煌的东风大道到家，还需要走一段曲折幽深的小巷，尽管有幽暗的路灯，尽管她一再表示自己什么也不怕，可奶奶还是不放心，每晚都在路口等着接她回家。

就因为这个，她不想上学了。有一次，奶奶为了接她，摔倒在路上，如果不是抢救及时，奶奶就没命了。“我可不能没有奶奶。如果没有奶奶，我活着还有什么意思啊。”这几天，她心里一直涌动着辍学的想法，而且越来越强烈。

今晚，她刚转过路口，就看见了奶奶。同时，她还发现了一个老人在那里摆摊修车。她和奶奶走的时候，老人也收了摊，不紧不慢地跟在后边，一起往回走。

后来，她知道老人略有些跛足，就住在离他们并不远的后街。她觉得这位修车的老人很慈祥，奶奶也觉得不坏。由于老人一般在她放学的时候才收摊，于是，奶奶放心地把她交给了老人。每天很晚的时候，悠长的巷子里，都回荡着这一老一少回家的欢声笑语。

她不知道老人一天出摊多长时间，也不知道老人干一天到底能挣多少钱。她所清楚的是，因为有了这位老人，她就再没有想过辍学的事情。

后来，她上了大学。再后来，她有了不错的工作。那年冬天，她回去看望已是风烛残年的奶奶，听说后街的那位跛足老人去世了，她去了。虽然那位老人没有给过自己什么，但一个个晚上的同行，还是让她产生了感情。

她碰上了老人的女儿，她悲戚地说："老人可是位好修车师傅啊。"老人的女儿并不认识她，说："我爸爸哪里会修车啊！刚退休的那一年，他在晚报上看到一个故事，就说什么也要去那个街口修车去。"

她突然想起，几年前，她曾经在晚报上发表过一篇文章，表达过那条悠长的巷子给她带来的烦恼。她问老人的女儿："老人读到的故事主人公是不是一个女孩？"

"是。"

"女孩是不是有一个相依为命的奶奶？"

"是。"

“而您的父亲是不是怕女孩辍学，每晚出去修车是假，送女孩回家是真？”

“是。”

她“哇”的一声哭了出来。泪眼蒙眬中，她觉得整个世界，都被老人的一颗心温暖了……

永不受伤的飞翔

那天下班的路上，我不紧不慢地骑车往家里赶。

快过幸福大街的时候，一辆摩托车从身后呼啸着过来。我发现，这辆车的轱辘后边好像拖带着一些东西。起初，我以为是一根慌了神的柴草，一失足被卷拽到了轱辘里。后来，我发现，那不是根柴草，好像是条线，线后边还拴着一样东西。

正好这辆车要往旁边的巷子里拐，速度慢了许多。我才看清楚，车上是两个人，前面是个女的，后边是个男的。男的手里拿着一截短棍，短棍上系着一条细线，而线的末端拴着的竟然是一只鸟。

那鸟显然被拖得奄奄一息了，身子和腿已经不能动弹，只是它的翅膀还在扑腾着，努力地做着向上飞翔的姿势。我看不到鸟的表情，但从它的挣扎中，我能感受到它的痛苦。

我本能地紧蹬了几步，赶在那辆车的前面停了下来，急切地把小鸟的惨状告诉了他们。谁知后面的那个男人几乎看都没看，朝我一瞪眼，不耐烦地说："我早知道了，用你管！"

我一下子噎在那里，不知道说什么好。我笑了笑，说："大小它也是条生命，你这么拖着它，明摆着不是给它用刑嘛！放了它吧。"我近乎哀求。谁知那个男人嘴里嘟囔了一句"这人有病"，就赶紧催促着女人走。

摩托车又一次启动起来。地上的鸟还在挣扎着，但已经站不起来了，翅膀在颤抖中不断扑腾着。我正要放弃走掉，这时候，一个孩子的声音清脆地传过来："叔叔，你把小鸟放了吧，你看它多疼啊！它妈妈看见了，是会哭的。"循着声音看过去，车的另一边，是一个小男孩。我认识这个小男孩，他就是旁边那家馒头铺的孩子。我经常在这里买馒头，有时候就是他给我利落地找钱。

孩子的话显然触动了女人心中柔软的部分，她回过头对男人说："放了吧，放了吧。"男人看了我一眼，似乎还想说什么，但终究还是松开了手。女人一拧油门，走了。

鸟半躺在地上，似乎耗尽了所有的力气。男孩走过去，把它小心翼翼放在了手心。我说："孩子，这小鸟伤得很重，恐怕……"我想表达出自己的悲哀。不料，孩子翻头朝我极灿烂地笑了笑，说："无论伤有多重，疗一疗伤口，一样也可以好好地活。"

就是这个孩子，好像没有上过一天的学。父亲早亡，他随着母亲来到这座小城，娘儿俩靠开馒头铺维持生计。我经常见黑而瘦小的他，蹬着一辆破旧的三轮车，在巷口里弄四处吆喝着卖馒头，而且，有时候，我还看到有孩子欺负他。前些日子，他的母亲又嫁给了一个男人，这个男人的脸一天到晚黑沉沉的，也不知道他对孩子怎样。我一直以为，这孩子应该是一个受伤的生命，在人生最美好的童年，他失却了同龄人应有的阳光、温暖和爱。他的可怜和无助，一度引起过我的悲悯。

然而今天，在对待小鸟的态度上，他的话让我震撼。我感受到了一个弱小生命骨子里的刚强。我说："那你就好好照看着它吧。"孩子说："放心吧，我会给他喂水，给它喂食，而且我还会陪它说话的……"

那只鸟终究怎么样了，我不知道。后来，那家馒头铺搬走了，孩子也不知道去了什么地方 。有意思的是，有一天晚上，我竟还梦到了这个孩子，梦中，他和那只被救的小鸟一起正在晴空中幸福地飞翔。

我想，这样的一个孩子，无论在什么地方，他都会过得很好。因为一个骨子里永远不会受伤的生命，人生所有的艰难，都会为他让路。

走在命运的左岸

外边风卷雪花，刮得正紧。

他坐的这辆车像一个哮喘病人，每走上一段都要喘息半天。虽然他在心里不断地默念祈祷着，希望能够坚持到终点站，但车终于还是在一处荒凉的地方抛锚了。

他跳下车，狠狠地骂了自己一句："倒霉蛋。"是的，他越来越发现自己是个倒霉蛋了，因为生活中几乎所有的厄运都被他赶上了。譬如，已经失业几个月的他，今天要参加市里一家公司的面试，本来机会很难得，不能错过，可是阴错阳差，他偏偏乘上了这样一辆破车。

大多数乘客都徒步往下一个站点赶，他也一样。有一个五十多岁的男人，敞着怀走在他的旁边。看起来，走在这样的雪天里，男人还颇有兴致，一边走，一边哼着歌。

“大哥，你不觉得今天我们很倒霉吗？”他凑上前去，和男人搭讪。“不，很久没有在这样的雪地里走路了，抛锚的车，给了我一个机会。”男人依旧那么兴致盎然。就这样，他俩搭上了话。一路上的攀谈，让他了解到男人的一些往事：碰到过许多赏识的人，也得到过不少陌生人的帮助和爱。谈到后来，他都有些嫉恨这个男人了，因为除了幸运，男人遇到的还是幸运。终于走到了下一个小镇。临分手的时候，男人送给了他一张名片。他才知道，男人是个作家。在名片的背后，印着这样一句话：

命运是一条河，左岸是幸运，右岸是厄运，我始终走在命运的左岸。

怀着对这位作家浓厚的兴趣，回去之后，他在网上搜索了男人的名字。果然，名字的后边是一大串的作品。然而，首先吸引他的，是男人的简介：三岁丧父，十岁辍学，卖过冰棍，做过民工，遭遇过车祸……天哪！他几乎都不敢相信自己的眼睛，男人竟然是一个厄运连连的人。他猛然有一种醍醐灌顶的感觉。这个世界上，有着这样一种人，在他们心灵的天幕上，痛苦和磨难已经被大风吹尽，而蒙受的恩泽和爱，像星星一样在记忆里熠熠生辉。他们乐观昂扬，从不抱怨。生活中，即便只得到一枝绿色，他们也怀着对整个春天的感恩。

那天，他在案头上郑重写下这样一句话：

幸运决定于一个人的生活态度，只要不苛责生活，时常怀着感恩之心，谁都能让自己始终走在命运的左岸。

不喊冷的男孩

初冬的傍晚，我乘车从市里往我所在的那座小城赶。

车出市区没多久，上来一对母女。女孩不大，五六岁的样子，母亲牵着她的手，扫视了一下车厢，便坐在靠近车尾的座位上。

没多久，母女俩便闹出了动静。最先是售票员喊：“快，快点儿，塑料袋！”她迅捷地从司机身边扯出几个塑料袋来，扶着车座，跌跌撞撞地“跑”过来，把塑料袋塞给了母女俩。很快，车厢里便飘散着食物酸腐的味道——母女俩晕车，并开始吐了。

这是一辆全封闭的客车，没有窗户可开。售票员嘴里嘟囔着，“咣当”一声，就把车后部的天窗推开了，霎时间，一股凉气就冲了进来——初冬的风，有些许的寒意了。果然，没多久，车尾的几个乘客便都挤到了前边。到后来，后边只剩下我、一个学生模样的男孩和他的母亲，以及在清新空气吹拂下，明显好受了的母女俩。

天色逐渐暗了下来。天窗吹进来的风，也变得凛冽起来，让人难耐。男孩的妈妈好像也感觉到冷了，她问儿子："你冷吗？"儿子摇摇头说："不冷。""真的不冷吗？""真的不冷。"

车继续前行。车窗外，暮色四起，远处的村庄、人影已经变得影影绰绰，看不清楚。车内，除了风的呼啸声，静得很。这时候，又听男孩的妈妈问："儿子，你冷吗？要不，妈妈给你把天窗关上？""妈妈，我不冷，这样才凉快呢。"男孩说完之后，顺便把妈妈加在他身上的单衣扔在了一边。

一路上很静寂。

到达小城的时候，已是华灯初上。大家开始收拾行李准备下车。我发现，就在这时候，男孩一把扯起刚才扔在一边的单衣，裹在了身上。

下车后，男孩的妈妈唠叨起来："你不是说你不冷吗？我说关上窗户，你说不用，看冻成了这样。"她一边说，一边埋下头，给儿子紧紧地系好衣扣。男孩则规规矩矩地站在母亲面前，任由她含着无限疼爱埋怨着。

末了，男孩低低地说："妈妈，我是想，后边的那个妹妹，还有那个阿姨，她们晕车，肯定比我受点儿冷更难受，所以，我冷，但我不想喊出来………”

而此刻，那晕车的母女俩，早已随着人流，消失在了街巷深处，她们已经听不到男孩的这句话了。

这个世界，好多暖心的话就这样独自飘散在风中，好多付出的人就这样悄然消失在岁月深处，而沐浴过爱的恩泽的人，却浑然不觉。然而，即便这样，呵护、扶持、帮助、关怀——这些人世的温暖，依旧会随着第二天清晨的第一缕阳光，准时降临在我们的生活当中。

如果说，有一种美流转在人间烟火中，华丽，高贵，而且绵延不绝的话，那么，这种永恒的美，就该是人心底的善吧。正是因善生爱，因爱生暖，爱暖与共，这个世界的希望才生生不灭。

拨动心弦的微笑

那天，我到火车站去接汉口来的客人。

清晨的车站广场上，稀稀拉拉的，没有几个人。我正要走进售票大厅去买一张站台票，门口的角落里，突然走出一个男人，他向前跨了两步，有些犹豫地朝我喊了声“大哥”。

起初，我以为听错了，因为我并不认识他。回头看了看，身后并没有其他人。接着，男人又叫了一声“大哥”。他的目光怯怯的，带着一些无助，也带着一些无奈。我说：“你叫我吗？”我想证实一下。他点点头，说：“大哥，是这样的，下公共汽车的时候，我的钱被人掏了，我回不了家了，我是想……”

我明白了他的意思。我的脑海中立刻涌现出了许多画面：故意弄残了肢体的行乞者，编造家里遭受灭顶之灾的行骗者，繁华的街角、车站、码头，这样的人到处都是。就在刚才，售票大厅的外面，还有一个老婆婆趴在地上，摇动着饭盒，跟人们要钱呢。

我该怎么办？这是一个好人，还是一个骗子？是一走了之，还是施救于他？我飞快地在心里忖度着。男人低着头，惴惴中，等待着我的回答。就在这时候，一个六七岁的女孩跑过来，说："叔叔，真的，我爸爸的钱真的丢了！"说完后，她朝我微微一笑。这个小女孩的笑容真漂亮，那纯净而甜美的笑容，像清泉，一下子流到我的心坎里。

男人一见女孩跑过来，突然扯大嗓门嚷了一句："让你站在一边等着，谁让你过来的？"女孩被父亲的厉声呵斥吓坏了，她紧紧扯住父亲的衣襟，不松手。

这会不会是父女俩为我上演的一出双簧？我的脑海里立刻又冒出这样一个念头。但一想到刚才女孩那纯净的笑容，心底不免犯嘀咕：不会吧，他们怎么会是骗子呢？我在心底暗暗地骂了自己一句。

小女孩说："叔叔，你要是不相信，我会唱歌，我给你唱一首歌吧。"说完后，小女孩又是甜美地一笑。她松开扯着父亲衣襟的手，一本正经地摆了个站姿，歪着头想了一下，便唱了起来："秋风秋风轻轻吹，棉桃姐姐咧开嘴，你看她露出小白牙……"这是我熟悉的一首儿歌，我俯下身一把抱住女孩，说："孩子，别唱了，别唱了。"我一连说了几个"别唱了”，然后站起身，朝着男人说：“大哥，你需要多少钱？”

“我，我需要……我需要150块钱。”男人不知道是因为激动，还是因为难以启齿，总之，吞吞吐吐半天，才说出这个数字。我把钱递给他的时候，他跟我要地址，说将来要还我。我摆摆手，说：“不用了。”我俯下身子，拍了拍小女孩的脸蛋，说：“小家伙，真可爱！”一转身，我就走了。

在站台上，我等到了要等的火车，也接了要接的人。然后，我便顺着站台往回走。快上天桥的时候，我突然听到沉闷的敲击窗户的声音，我一抬头，原来是那父女俩。他们坐在即将开行的一列火车的车厢里，正咧着嘴，一边朝我摆手，一边朝我微笑。啊，他们不是骗子。是啊，这个世界本来就没有那么多的骗子。

我那一刻为什么会突然坚决地拿出钱来帮助那个男人呢？现在想起来，应该是那个女孩的那首歌谣，尤其是她那甜美纯真的微笑，突然拨动了我心弦的缘故吧。

微笑，是不是上帝赋予全人类的共同语言呢？你看，这甜美的语言，像一只温柔的手，一下子就触到了人性中最柔软的部分。我想说的是，不仅是这个小女孩，当我们也试着用微笑面对别人的时候，会不会一下子拨动整个世界友善的和弦呢？

此爱无计可消除

这是生活中的三个细节。

一名矿工，在煤矿的一次冒顶塌方中不幸罹难。人们在他的住处翻检遗物时，发现了一个小本。本上记载着下井的次数，还有加班的一些情况。似乎他每天都在记，尽管文字都很短，但在每天所记内容的后面，都附着关于遥远的家里的一些事：

（家里的）地不知道种下去没有，骡子不好使唤，一定叫她（妻子）受累了。

这几天，农活肯定又多了。母亲一定也跟着下了地，母亲有骨质增生的老毛病，不知道妹妹是否懂得帮母亲干些家务。等这次回去的时候，路过市里，给母亲捎瓶好药回去。

今天，又是雨，紧贴房梁的那根电线漏电，不知道她（妻子）懂不懂得注意……

…………

两个拾荒的，看样子像夫妻，正坐在街道的一角上吃凉皮。褴褛而脏的衣衫，蓬乱的头发，沁在额角、鼻头的汗珠，以及吃凉皮时的幸福情状，使多少过路人都不由得多看上几眼。吃到过半的时候，女的说：“今天我不太饿。”示意要给男的些。男的说：“我早上吃得太饱了，还是你多吃些吧。”接着，两人推搡了半天。结果，男人的碗里多了妻子的，女人的碗里多了丈夫的。之后，两人又是风卷残云，极香甜地吃。

…………

那是一次远足，依他的经验，出门只要多带钱就足够了。所以，临行之前，他拒绝了母亲为他准备的水、面包等食物。然而，不巧的是，那次他们在一座深山迷了路，中午时分，大家开始坐下来找东西填肚子。这时候，他暗暗地后悔自己没有听母亲的话。他下意识地把手伸进包里乱翻，希望能够得到些什么。结果，原本无望的他发现，在一堆衣物和洗漱用品的下面，藏着曾被自己拒绝过的火腿肠、面包和水。

…………

大爱都是朴素和拙厚的，它琐碎而又细小，藏在生活的某一个不起眼的细节里，像一滴水渗进土壤，像一缕烟散在空中，平和淡远，却又挚情浓烈。假如你的眼睛看不到，那一定是你还没有张开心灵的触觉；倘若你今天没看到，那一定是被多情的岁月窖藏起来，留待你明天品尝它的醇厚。所以，一定有一些爱围绕在你身边，只要你的内心没有荒芜，只要你用爱的根须细心体察，你就会发现它们。

肆

流水时光 <<

人到中年

“咣当”一声，一件精美的瓷器碎了。

岁月更多的时候不动声色。它突然之间打碎的，却总是最美的东西。人在青春的年龄段上，生命就像一件精美的瓷器，在一大把阳光的照耀下，美轮美奂，熠熠生辉。然而，就在你恣意挥霍这青春的光泽，浑浑噩噩快昏了头的时候，时光一抬手，“咣当”一声，一地的碎瓷，一下子把你推到纷乱如麻的中年。

恍然一梦。

以前日历翻开新一页，心里迎接的，只是纯粹的新的一天；而现在，日历翻开新一页，心里所想的，却是增长了沉重的一岁。一个人，如果拥有了这样的心境，已经无可挽回地步入了中年。

中年，是开始对岁数敏感的年龄段；中年，也是活得更为现实的年龄段。

以前，雪落大地，笼了村庄，笼了山川，放眼望去，是满眼的白，是满眼的美。现在，还是雪落大地，还会有白，还会有美，只是更清楚，雪化之后，美消散之后，大地上会污水横流，汽车上、器物上，会留下道道污痕。

套用池莉《熬至滴水成珠》中的一句话说，人生到这个年龄段，一下子苏醒了，或者说，叫“知春”了。

二十多年前，我刚毕业。有一次，见两个同事攀谈，他们谈到了年龄。一个同事问：“你今年多大了？”另一个同事颇为黯然地说：“快四十岁了。”那一刻，我仔细地盯着那个快四十岁的同事看，看他的脸，看他的头发、他的神态、他的衣着，品咂着他言语中的唏嘘感慨，心里吃惊道：这个人，竟然快四十了。

现在，自己也到了让别人吃惊的年龄。回头一望，从青年到中年，竟也稀里糊涂，全然不知道是怎么过来的。

但这二十多年的生活，又让我体悟出了对比。

二十多岁的时候，锋芒毕露，只顾猛打猛冲；人到中年，开始懂得瞻前顾后，藏愚守拙。二十多岁的时候，觉得无所牵挂，什么都可以放得下；人到中年，上有老，下有小，又突然觉得什么都撇不开。二十多岁的时候，把爱想得轰轰烈烈，觉得爱情就是浪漫，就是童话；人到中年，懂得了婚姻就是锅碗瓢盆，就是平平淡淡过日子。二十多岁的时候，总是想着要干点儿什么；人到中年，开始思考自己都干了点儿什么。二十多岁的时候，为一句话，可以打得头破血流；人到中年，对生活，也能逆来顺受，懂得了忍辱负重。二十多岁的时候，心情愉悦才叫幸福；人到中年，感到内心平静，就是幸福。

下过整整一季美丽的雪，雪化了，岁月，露出了它本来的面目。人生，过了只需欣赏美的年龄，生活中的丑、恶，种种的古怪，样样的离奇，也全面进入你的视野，需要你平静地去面对、去接纳。

但心理年龄似乎永远只停留在二十几岁上。买衣服，总是想象着自己年轻时候的样子去买；走到大街上，看到俊男靓女，忍不住要多看几眼；甚至与人较量，心里想，（自己）还年轻呢，怕他什么!

这时候，年龄仿佛是一个无法接受的坏名声。心里一边抗拒，一边却又招架不住。实际上，岁月，又有谁能轻易招架得住呢？人到中年，就像一杯隔夜茶，茶似乎还是这个茶，但，味却永远不会是原来的那个味了。

这时候，关注生，更敬畏死。有人去世了，去一回火葬场，就对生死看得更清楚一点、更深入一点。开始认识到生命的脆弱与渺小，开始感受到命运的无常与不测。死实在是比生更容易、更简单。于是，对生的艰难，就会看得更达观；对多舛的命运，就会接受得更平静。

“父母在，不远游，游必有方。”以前对孝的认识，只停留在一个概念上、一个名词上。人到中年，有了自己的子女，才明白了孝是什么。父母病了，会真着急，会真牵挂。尤其不在父母身边，千里迢迢，一个电话回去，所牵系的都是父母的身体，才意识到：孝敬父母，不仅仅是每月寄钱回去那么简单；围绕在他们身边，嘘寒问暖，有时候，比钱更贴心，也更温暖。

人到中年，对成功有了理性的认识。这种理性中，含着对自己的正确审视。到这个年龄段，自己是一盘什么菜，应该搞清楚了。如果还没有搞清楚，不是自己太矫情，就是太缺乏自知之明了。“陈力就列，不能者止”，这就是最大的理性。大科学家、大作家、大学者，统统去吧，让那些该当的、能当的人去当吧。萤火虫光亮不大，一丁点儿，也是自己的光亮。蛰伏尘世，能留下属于自己的痕迹就行了。

贾平凹说，佛不在西天，也不藏在经卷中，佛不在深山古庙里，佛在熙熙攘攘的人群里。人到中年，正是心里生佛的年龄。佛心，就是心底的慈悲；佛性，就是自我的悟性。到了这个年龄段，谁都会对世事人生有一些感悟，虽说还谈不上看破世事、弄懂人生，但或深或浅，或多或少，深深浅浅，多多少少，有了自己的认识，这也该算是岁月给自己的一笔馈赠吧。

中年，是渴望疯狂，却只能在心底疯狂的年龄段；中年，是不再追求完美，却希望完善的年龄段；中年，是抛开永恒，寻求平衡的年龄段；中年，是少了思念，多了怀念的年龄段；中年，是有负担，要负责的年龄段。

一只蝴蝶飞远了，又一只蝴蝶飞远了。中年，是一棵站在盛夏的树，企盼着秋天红艳的果实，却又害怕落叶飘零的凄冷。中年，有一些喜悦，也有几许惶恐，多了一份深沉，也添了几丝忧伤。

中年，是说不完、道不尽滋味的年纪。

在武侠世界里问爱情冷暖

《倾城之恋》中，白流苏一出场，那个与她离婚七八年的患肺炎的丈夫就死了，当徐太太把这个消息报告给白公馆后，白流苏正在“屋子的一个角落里，慢条斯理地绣一只拖鞋”。于是，就这件事，尖酸的三爷、刻薄的四奶奶，开始轮番挤对白流苏，明枪暗箭，一波又一波，一浪又一浪，到最后，已经不完全是奚落和嘲讽了，简直就是侮辱白流苏——这个寄居在他们家里的亲妹妹。尽管白流苏也当面锣对面鼓地奋起反击，但她还是气得“浑身颤抖，用绣鞋的鞋面使劲抵着自己的下颌，下颌抖得仿佛要落下来……”。

每次读到这个开头，我都会读得惊心动魄，一时间，风生水起，满目凄凉。我怎么也想不明白，这旧上海，这白公馆，这一家人，哥哥不是哥哥，嫂子不是嫂子，妹妹不是妹妹的，像充满着深仇大恨的阶级敌人，一出场，就剑拔弩张，杀气冲天。

白流苏在这样的家庭环境的挤压下，也有些病态。本来，徐太太是要把范柳原介绍给七妹宝络的，结果，一场舞会过后，范柳原爱上了白流苏。但白流苏并不觉得自己做错了什么，她的意思是，给所有的家里人一点儿颜色看看——你们以为我白流苏这一辈子已经完了吗？早哩！

这是很白流苏式的悲剧。一个大家庭，如果维系人心的，只剩下金钱的话，人世所有的温暖，也就烟消云散了。

后来，白流苏果然就和范柳原好上了。在寂静的香港浅水湾饭店，范柳原很直接地说，喜欢白流苏一低头的美。或许，女人只需一点打动了男人，男人就会全线崩溃，为她疯狂。

不过，他们在香港这一段爱恋，似真若假，且即且离。反正，我无论如何也没有看明白，范柳原是死心塌地爱着白流苏，还是巧布浪漫在玩弄她？不过，这一切看起来是那么真实。一个有钱的男人，尤其是一个花花公子式的有钱男人，你是不会看到他的心底的——假作真时真亦假，真真假假，虚虚实实，因为玩弄感情和爱得死去活来实在是太相像了。

当然，白流苏也是过来人，她心里明白，范柳原是个情场高手。隐约中，她也感觉到，范柳原是在玩一个爱情把戏，但她情愿假戏真做。因为，在这样的一种情形下，女人只会是一个心甘情愿的俘虏。是的，当一个女人想着要把心交出来的时候，实际上，她交出的，是人生的全部。

哪怕勾勒出的，只是一个虚幻的梦境，爱恋中的女人，也情愿把它做圆满了，然后，幸福地闭上眼。即便最后，梦破了、碎了，她也认了。

就在谁也不清楚他俩的爱情会发展到何种结局的时候，在“轰隆隆”的枪炮声中，香港沦陷了。这场倾城之恋，终于有了一个不错的句号——范柳原和白流苏结了婚。他不过是一个自私的男子，她不过是一个自私的女人。在兵荒马乱的年代，个人主义者是无法容身的，可是，总有地方容得下一对平凡的夫妻。危险的爱情过渡到了屋檐下的人间烟火阶段，这个故事，以及故事中的女主人公，暂时算是平安了。

真为白流苏捏了一把汗。

是的，一个在冷风冷雨中活过的女人，已经是极为不易，如果再遭遇一场爱情的灭顶之灾，那这个女人就彻底走向了悲剧。

也许最让人羡慕的爱情，只在武侠的世界里。你看《射雕英雄传》中，那么一个又傻又笨的郭靖，先是被蒙古公主华筝爱得死去活来，后来又被东邪黄药师的女儿黄蓉——那个天底下最聪明而又最古灵精怪的女子爱上了，真是傻人有傻福啊！

书中有这样一个情节，黄蓉被铁掌帮的裘千仞打成重伤之后，她怕自己会不久于人世，于是，她求她的靖哥哥答应她一件事，即著名的“三准三不准”：

准许郭靖在她死后，再娶一个人，但这个人必须是华筝。因为，除了她，这个世界上，只有华筝才是真正爱他的靖哥哥的，如果是其他人，会骗了靖哥哥。

准许郭靖在她死后，为她建一个坟茔，但在祭拜她的时候，不准带华筝来，因为她始终是一个器量很小的人。

准许郭靖在她死后，为她伤心一段时间，但不许靖哥哥为她而意志消沉……

你看，一个女人对一个男人的爱到了如此之地步。张靓颖在《神雕侠侣》的主题歌中唱道：穿越红尘的悲欢和惆怅，和你贴心地流浪，今生为你痴狂，此爱天下无双。可惜张爱玲笔下的白流苏是读不到这样的爱情故事的，倘若她能读到，我想，她一定会在人生的骤风冷雨中深深地长叹一声。

这一叹，多少爱，黯然神伤。

排箫的气质

我想，排箫是有气质的。

唢呐就不行，装腔作势的，像个东张西望的光棍，喜事也忙乎，丧事也忙乎。在农家的小院里，嗓门一吊，便咋咋呼呼闹上半天。捂住悲伤，能炸响一院喜悦；捂着欢乐，就淌出四野悲凉。唢呐的悲喜都是表演给东家看的，而它一辈子却无悲无喜，所以唢呐没有性格，云来就下雨，雨过就天晴。

说到底，唢呐应该算那种没有血性的男人，咋咋呼呼却又窝窝囊囊。

二胡好像又太有性格，像林黛玉，蹙眉紧锁，凄凄惨惨的，放眼望处满目悲凉。无论什么时候，只要阿炳的《二泉映月》乐声一起，在江南细长而幽静的巷子里，在长长短短的石板路上，在被愁雨濡湿的如泣如诉的哀怨中，流淌的便是绵绵不尽的凄凉。

二胡是骨子里凄凉的乐器，这是它永远无法改变的性格。

排箫全然不这样。我长久地喜欢着那首用排箫演奏的《绿袖子》。记得第一次听它是在上大学的时候，学校的广播里有个散文栏目，背景音乐选择的就是《绿袖子》。第一次，我就被它深深地打动，那种悠远的意境，那种似乎在旷野中低回的旋律，一下子便把我的心牢牢抓住。后来，我为了得到这支曲子的名称，在一个暮色四合的傍晚，轻轻叩开校广播站的门。一个娇小的女孩甜甜地对我说："《绿袖子》。"

排箫必定是流浪的，这是它生命的底线。它像边塞诗人，也像行吟歌者。它的声音可能从高高的山峁上淌出，或为清泉，或为瀑布，也许要流过几块岩石，也许要漫过一片草地。它脚步轻盈而又虚无缥缈，不追忆什么也不留恋什么，仙风道骨，衣袂飘飘；它也可能在戈壁滩的一处古堡上淌出，夕阳残照，暮色朦胧，穿过一个沙丘，绕过几簇红柳，似一缕清风，好像有前行的目标，又好像漫无目的，柔情似水，悱恻缠绵。如我听过的《阿兰蒂斯之恋》，分明还可感觉到情人湿漉漉的情思，绵绵不绝而又若即若离。

《勃拉姆兹小夜曲》就很轻松，轻松得有些散漫，像在月光下散步，或者又像懒洋洋地坐着，有一搭无一搭的。《鸽子》却来得急促紧凑，一会儿热热闹闹的，像圆舞曲，一会儿又骤然严肃，像命运交响曲。但贯穿其中的排箫声总是飘逸、悠远、空旷、灵动，不可捉摸而又活灵活现，于是这些曲子听起来又别样的舒缓、轻柔、悠长。“四面边声连角起，千嶂里，长烟落日孤城闭”，范仲淹所描绘的这边地的声音当中，定也有不绝的箫声。我想，箫的根应该在边地，边地应是它出生入死的故乡。

排箫的山水气注定它是属于民间的。但它又绝不会一生蛰居于某一个乡村，而懒懒地不走。它灵魂的内核是飘动的。它一生都可能在流浪，越是寥廓苍茫的地方，越可能觅到它的踪迹，看见它的身影，但面色红润的它是在不羁地流浪，而非落魄地漂泊。

流浪的内蕴是淡泊和洒脱，这或许就是排箫惹人爱怜的气质。

流水时光

二十岁以前，我在生活中更多地留意着这样一些事情，譬如一片云彩的影子在山梁上倏忽间的飘移、阳光穿过细小的指缝幻化出的五彩的光、鱼儿在水与鹅卵石的边缘吐着细小的泡泡、土坡上一群蚂蚁的混战或者一只蚂蚁的疾走。

那是在村庄里的一段时光。那段日子，父母一早就把我放出来了，像放出一匹马，缰绳一丢就不管我了。我把自己交给一面土坡、一条溪流、一片树荫、一块半腿深的蒿子地，然后便沉溺在这些琐碎而细小的事情里。那时候，日子清澈得像水一样，透明，洁净，没有杂质。我忘我地玩着，不放过一圈涟漪、一缕波光、树梢上面的轻风、石头背后的童话。后来，我知道了这是人生少有的快乐，然而当我知道这些的时候，我已经可悲地长大了。

时光就像一个会变的小妖女，她赋予了长大这么一回事：初始的时候，她与你青梅竹马，两小无猜，一块儿度过一段快乐逍遥的日子。后来，你娶了她，你逐渐发现她其实是一个黄脸婆，甚至有时候是个泼妇，她扼杀你的兴趣，葬埋你的欢乐，束缚你的手脚，让你疲于应付而又欲罢不能，终日厮守，却只能索然枯对。

这个小妖女欺骗着我们，她诱惑着我们在快乐中长大。等我们真正长大了，她却把许许多多索然无味的事情甩给我们，让我们穷尽一生去处理。

董桥说，中年是下午茶，是天没亮就睡不着的年龄，是只会感慨不会感动的年龄，是吻女人额头不吻女人嘴唇的年龄。看来，中年是一个分水岭，人到了中年，就像一个被宠爱着的皇妃突然间被废了，万千的荣光不再流转，整个世界在心里黯淡下来。

前些时候，我在电视上看张曼玉的广告，这个骨感的美人似乎永远没有中年，属于她的一切美的细节和韵味都在，不像别的靠美色搏天下的女子，时光的风一吹，就烟消云散了。看来，也有时光打不败的人，张曼玉算最特别的一个。

到底大多数人还是抵挡不住，一败就败到底了。他们被俗世的一些情节所缠绕，扯不断，理还乱，陷入生活的泥潭当中，而且常常是从生活的一个泥潭拔脚出来，很快就陷入另一个泥潭当中了。看来，青春、容颜、快乐，实在是时光赠予人们的奢侈品，给得快，挥霍得也快，一晃就面目全非了。

人，在时光里老去，就是把自己一点点地燃烧掉。无论是曾经的大起大落，还是大悲大喜、大荣大辱，都是对自己的一种燃烧，或彻骨，或喧嚣，彻骨也好，喧嚣也罢，所有的一切都在匆匆的时光中流逝了。而这世间，又能有几个人，在这种燃烧中，爆出几声脆响、亮出几朵绚丽的火花来呢？

我不知道。

淑女

淑女，在这个世界上，绝对是一个传奇。

你不会怀疑她是个传奇，你就读吧。这个精灵，或端庄，或妩媚，或恬淡，或娴静，举步时有款款的风韵，端坐时如水般静谧，身段像水墨山水中一段灵动的印痕，淡而飘忽，浅又沉稳，姿容在初蕊中蔓延娇嫩、在飞红中散播落寞。总之，这个精灵，你就读吧，她的每一段都藏着一个悬念，而最大的悬念，永远藏在你还没有读到的下一段。

天底下的淑女，是男人活在这个世界上的一个不小的理由，也是男人们惊世骇俗的梦。如果哪一天，这个世界上没有了淑女，你会听得“咣当”一声——男人的梦碎了。钱塘名妓苏小小，就是书生鲍仁的一个梦。想当初，鲍仁家境凄凉，无力到京城赶考，是绝艳的苏小小，变卖首饰帮了他的忙。当他在京城金榜题名，赴任路过钱塘时，年仅二十四岁的苏小小已经香消玉殒了。他手抚墓碑黯然泪落时，你听得历史的尘埃中，“咣当”一声，鲍仁的梦就破碎了。

苏小小的一生，似乎只委身过一个叫阮郁的人，却是真爱过的。剩下的，你看她的琴棋书画、她的姿容、她的气质，完全是淑女的风范了。一个淑女，是贯穿她的前身后世的，所以你不要问她生计的飘零，也没必要问她委身于何方，你欣赏她，就够了。

淑女是不该问出身的。生在富贵人家，颐养得娇贵；生在贫寒人家，出落得素朴。娇贵也好，素朴也罢，作为淑女，她们清纯的气质和内秀的心脉是相通的。清纯和内秀，对于淑女来说是缺一不可的，就像一处风景，没了近水，便少了清纯的姿容；没了远山，就没了内秀的骨骼。山水都没了的时候，一处风景就完了。

淑女拿出微笑的时候，躁动的男人安静下来；淑女拿出智慧的时候，钩心斗角的男人安静了下来；淑女拿出爱的时候，整个尘世安静了下来。因为，一个有爱的淑女，不再是一个男人的梦了，而成了整个尘世的梦，于是，尘世安静了下来，在爱的抚慰中进入梦乡。

这让我想起了上大学的时候，教《文艺概论》的老师有一天给我们讲了一个故事。说古代有一个美女，在江南的小巷中长大，出落得娴雅窈窕，美丽无双。有一个穷人家的男子，在青石的幽巷里和她打过一个照面，就爱上了她。后来，女子嫁给一家富户，男子就在忧思中死去了。再后来，女子每每经过那条幽巷，就会有一阵风紧紧地跟随。

每一个淑女的背后，都会有一阵风的。那是男人们破了壳的魂魄，“呼”的一声，没了踪影。

闲读书

读书最好的时节是冬季。

这个时节，一切都软塌塌的，闲了下来。这个时候的人，有点儿像豆蔻少女，本来还懵懵懂懂长着呢，忽地刹了车，内心“小小的寂寞的城”渐次翻江倒海起来，云彩似的生出大朵大朵待字闺中的忧伤来。结果，掩也掩不住，乱了起来。喝点儿酒，打打牌，或四下里转悠转悠，显示一点儿落寞与烦躁。其中，不妨也有雅致一些的，翻箱倒柜，把积年的藏书找出来，拂去其上的轻尘。

挑选一个上午，屋外尚有大好的阳光。拣出一本闲书来，随意地窝在床或沙发的一角上。屋里静静的，四壁也安静地白；只有阳光暗自倾泻，睫毛上，鼻尖上，到处都是，熏得你昏昏欲睡。困意愈浓的时候，干脆扔了书，眯上眼，小睡一会儿。手在阳光里，脚在阳光里，还有呼吸，还有心脏的跳动，都在温润的阳光里。人在这恍惚间，仿佛就得到了人生中极乐的东西。

拥被夜读也许是另一种极致。屋里暖气烧得正热，窗外雪落无声，半拥被子，半倚床沿，小儿的鼻息轻柔在侧，空气中暖意微醺。这时候的心，像伏在炕上的猫，沉静，松弛，淡然，再加上夜的沉寂，书的馨香便愈加凸显出来。此时读过的书，最容易让人记下来，经久不忘。

闲暇时候读书，妙趣尽在一个"闲"字。心若闲云野鹤，浮沉无我，止去自由。读也好，不读也罢，不牵挂功名，不关涉利禄，全是兴之所至。品词之清丽，叹赋之雄浑，赏诗之意境，滚几行红楼泪，操几番三国心，捭阖古今，熙攘中外，全在你的掌控。你的性灵，你的情趣，你的自由，全在这一个淡定自若的"闲"字里。你若是看风景，书是轻舟；你若是纳凉，书是幽林；你若是钟情美味，书即是佳肴。总之，此时的书，仿佛一个由着你的性子指使而又体贴入微的丫头，乖巧，听话，妩媚，可人。

从别人家的书橱里借一两本来也可。线装书，似乎还散发着遥远年代的古旧气息，再置一杯香茗于几上，也不多喝，只是微酌小饮，然后任凭那香气在阔大的空间缭绕四散。你手拈泛黄的纸张，或默念，或轻吟，至极处，亦可放声朗诵，这一切都由着你去。看累了，轻扣书于几上，起身去冲茶，把凉了的倒掉，放上几片茶叶，又是一通开水冲下去，等香气重又缭绕的时候，坐下来，再一页一页品读。

董桥在一篇文字中写道：

> 父亲坐在书房里靠窗那套软垫沙发上，两手捧着一盏新沏的铁观音，白烟袅袅，凄凄切切半蒙住他那有风有霜的脸，沙发的蓝绒底子洒满翠绿竹叶，衬着窗外一丛幽篁，格外见出匠心。因是雨后黄昏，院子那边的荷塘传出几声蛙鸣，书房反而更显幽静了……

那一刻，我不管董先生后面的文字要传达出如何的心绪，便径自在这一段文字面前驻足凝神，痴呆呆地想着那书房，那透露出来的——梦一样的幽美意境。

理发

小时候，陋居僻乡野壤，没有见过理发铺。头发长的时候，就到东山坡的王六子家去理。王六子长得跟鹤似的，一双手白净细长，据说读过私塾，眉宇之间藏着些令人不易觉察的风雅，很少跟人们说话。见我们来，他便从柜里取出那把铮亮的推子来，在机芯上刷上些机油，把我们的头往下一摁，就“嘎噔嘎噔”地推了起来。那时候，基本上是干推——谁愿意为我们这样的一颗脑袋去热半锅水呢。脖子以下的部分也不围什么东西，推完之后，脸上，脖子上，衣领里，满是头发茬子，扎乎乎的，好几天都不舒服。

这理发，也不是一门简单的手艺。有一年腊月，邻居借来王六子的推子，要给左邻右舍的孩子们推头过年，我第一个站出来，结果成了他的牺牲品。他在我的头上颇费心思地折腾了半天，然而拙劣的技法让他不能得心应手，茬口始终高低不平，于是他不断地修、不断地修，修到最后，还是不见齐，一狠心，最后一推子下去，给我剃了光头。那一年，我满头闪着光亮，在别人的好奇和嬉闹中，过了一个新年。

第一次进理发店，好像刚上高中。那是县城的一家国营理发店，店面不大，收拾得却很干净，有几面大镜子在墙上挂着。屋子正中是个大铁炉子，红红的，上面的大铝壶“哧哧啦啦”地往外冒着白气。一个胖胖的女人把我拉到一个面盆前坐下，“哗啦哗啦”地给我洗头，然后把我带到一个大铁椅子上面，那椅子宽大而又软乎，我从来没有坐过如此舒服的椅子。那一天，那个胖胖的女人的一双手在我的头上腾挪跌宕，干了些什么，我忘了，我完全陶醉在铁椅子“吱吱咕咕”的承受中。确切地说，那把铁椅子给了我对“幸福”这个词的最初始、最梦幻的感受，并从那一天开始，我对幸福怀着无限的憧憬和向往。

我为那次理发付出了高昂的代价。胖胖的女人解开系在我脖子上的那块有点儿发暗的布后，又象征性地在我的脖子左右打理了打理，脸上的表情陡然一落，说：1块。那一刻，我突然像做贼似的慌乱起来，1块钱相当于几天的伙食费啊！然而，对于面值如此巨大的1块钱，那个胖女人接过去后，几乎看也没看，就扔在了椅子前面的木头抽屉里。

以后，我曾经多次经过那家理发店。隔着玻璃看进去，常见大小不一的老头仰躺在那大铁椅子上，满脸白色的肥皂泡泡，等着理发师给他们刮脸。老头舒展的姿势里，张扬的惬意和立等可享的幸福，在他们脖子的每一个褶皱里风起云涌。

20世纪80年代末的时候，县城里私人开的理发店逐渐多了起来。一间铁皮屋子，一套简单的陈设，一个女孩，再加上一个或温婉或暧昧的名字，就支起一个摊子。国营的理发店，像落蔓的倭瓜，很快枯朽衰落下来。我离开那座县城的时候，那家曾经红火的国营理发店，好像被重新装饰后，改成了卖衣服的店铺。

前年，陪儿子回乡下的外婆家。儿子的小哥叫佳成，头发正长，恰好家里有一把机械推子，我想在他的头上一试身手，然而未曾过半，我右手的中指处就被硌起了一层皮，有淡淡的血痕洇出来，生疼。

秋水长长长

女人最传神、最出彩的当数眸子。

一个女人，香雾云鬟湿，清辉玉臂寒，这是外在的诗意。有的时候，不必浅斟低吟，不必檀板金樽，只需眸子顾盼神飞，秋波暗递，就可以传情达意。且此意，多是言外之意；此情，多含弦外之响，非真阅读者是不能明白的。

古代的许多小说中，多会描绘类似这样的一个场景：一个温婉女子，原为鬼怪所化，只看男人一眼，男人便被摄了魂魄，乖乖地跟了女子去。这叫勾魂，是说男人的心魄被女子的眼神勾了去。你看那文字的曼妙处，不是说这眼神如何毒，而是说这眼神如何媚。于是，大凡读到此处的男人，往往会被惹得心旌荡漾，像一只老鼠不小心掉在心鼓上一样，恍惚间，有一些迷离，也有一些慌乱。

刘海掩映下的眸子尤其美。那刘海，或若飞瀑跃额而下，或若帷幔斜鬓而分，或跳动，或雅致，给两颗眸子平添了几许灵动的色彩。这时候的双眸，犹如被绿柳簇拥或掩映下的两眼清泉，汩汩滔滔，一个女人的美，就这样清澈而纯美地流淌出来。

当然了，这种美可以恒久地藏住。记得宋徽宗时期，有一场绘画的科举考试，出的题目是“深山藏古寺”。又要有古寺，又要体现出“藏”的意境，难倒了许多赶考的学子。后来，取得第一名的，只在曲曲弯弯的山路上，画了一个挑水的和尚，于是境界顿出。岁月的艰辛和苦难，像一场绵亘在人生中的巨大沙尘暴，逐渐摧折和掩埋了一切。自然，岁月的光华过后，女人的眸子会少了光泽，多了浑浊，一份美也就随风而去。但有匠心的人例外。前天，我在大街上看到一个满头银发的婆婆，双眸依然流光溢彩。我想，那一定是她用别出心裁的活法以及平和的心境，恒久地“藏”住了自己的美。

一个大眼睛的MM，如果有十分美色的话，大眼睛就会独占九分。是的，这就是国人的审美。如果说，如泉的双眸给人的是震撼的话，那如湖的双眸，给人的只会是征服。我的一个高中同学，上的大学赫赫有名，然而他毕业的时候，跟着恋人去了荒凉的西部。知道内情的都戏谑说，这么一个才子，最后竟然跟着一个“大眼睛”逃了。我想，这位同学内心中最柔软的一脉，一定是被那两汪湖泊给征服了。

有一年冬天，我去坐火车。一个身着雪白羽绒服的女子与我擦肩而过，她回头的一刹那，口罩背后的双眸，像升起在一面雪白墙上的月亮，那皎洁的清辉，让人难忘。

腼腆如此之美

腼腆，是一个人性情的线条中最柔美的部分。人，在腼腆的时候，会彰显出人类自身原汁原味的美感。这多少有点儿像新榨的橘子汁，清新、芬芳，弥散着田园的香气。不过，更多的人，呈现在尘世中的是橘子精的勾兑品。相形之下，新榨的，就愈发地显得昂贵。

腼腆的女子爱脸红。生人初见，你看她，丹唇还未启呢，头先低了下去，陷入无处可躲的窘迫之境。再抬起头时，如雪香腮上，便风云突变，不闻雷霆乍惊，却红云朵朵暗度，如烈酒微醺，如桃花新绽，气象万千，令人叫绝。

这是一种很女人的味道。因为这腼腆中，含着羞涩，而羞涩，是一种无法抵挡的妩媚。所以，“自来熟”“人来疯”，大大咧咧，喝五吆六，是一个女孩子成长的大忌。无论什么时候，一个女人，丢了腼腆，属于女性的迷离的部分便烟消云散了。

扭捏，是腼腆的人在脸红之外的另一种情状。真正的扭捏，并不作态，是一个人在自然的状态下流露出的不自然的神情。自然，言其内心无准备，如水到断崖，倾泻而下；不自然，言其神情失常态，譬如，刹那的手足无措，瞬间的局促不安，等等。作态的扭捏叫搔首弄姿，叫矫情，结果只会让人作呕。

有人劝你，大方点儿，别那么腼腆。大方一点儿是对的，但千万不要因此扔了腼腆。这就像一枚钻戒，大方是可贵的白金，而腼腆，是镶嵌在白金上熠熠生辉的钻石。没有了这钻石，大方便落入世俗的圈套，无论你多大方，也不过是世故的代名词。

腼腆不是底线，却是底色。有腼腆在，人性中至纯之美的色彩才会延宕出来。其他的部分，譬如质朴、善良，才会与之相映生辉，从而成就一个人的温情与谦和。

腼腆是一件粗布棉衣，泛着草根气息，却是一颗朴素灵魂的外在体现。腼腆是草牖柴扉，但是透过这草牖柴扉，看到的，却是田园的清新、大地的旷远。所以，腼腆看起来很世俗，但从来不庸俗。

可惜，在喧嚣尘世浮沉的人，把性情中许多纯美的东西都扔掉了。也许，他们最先扔掉的，就是腼腆。他们以为，扔掉了腼腆，就长大了，就走向了成熟。其实，这样的成熟，只是一步步走向了老练、走向了油滑。

一个人，已经长得很大了，还有一分腼腆在，是多么可贵。

前几天，看到中央电视台体育频道的一幅画面，是两个大腕级人物，一个是踢足球的罗纳尔迪尼奥（小罗），一个是打篮球的乔丹。吸引我的，并不是这两个人的名气，而是现场的情形。小罗作为粉丝，第一次见到了仰慕已久的乔丹。在乔丹面前，小罗腼腆得像个孩子，扭捏着，不知道该说什么好、做什么好。

那一刻，一个属于巴西人的可爱的面庞和动人的神情，让我怦然心动。也就在那一刻，我才感觉到，一个人的腼腆，竟是如此之美！

书是唯一的行李

我喜欢书，是从喜欢《人生》开始的。

十四五岁，正是懵懵懂懂的年龄。在镇里的电影院，我看了平生第一部让自己唏嘘不已的电影，电影的名字叫《人生》。坐在我旁边的同学后来打趣我说：这是个曾经为巧珍哭过一鼻子的人。是的，我并不避讳我曾经哭过一鼻子。一年后，我假装学校交学费，跟家里多要了几十元钱，“冒险”去了一趟县城，买下了路遥的这本书。

可惜，这本书在初中毕业的时候，在搬运行李的过程中丢失了。我为此伤心了好长一阵子，虽然高加林与刘巧珍的爱情故事已经烂熟于我的内心，但我依旧不想失去它。毕竟，那本书曾经记录过一个少年的懵懂心事，以及由此留下的美好回忆。

大学的时候，我才开始真正懂得读书了。那时，大学里没有晚自习，同学们有的逍遥在风花雪月里，有的沉溺在宿舍的麻将扑克中，班里只有稀稀拉拉的几个人，却正是读书的好氛围。我在那里，静静地看过了一本又一本的书。那时候，常常有一个卖书的小伙子，装着一大提包的名著，在傍晚的时候，小心翼翼地敲开各班的门，来兜售他的书，但又常常卖得不好，我就很替他着急。于是，我和他一个人拽着提包的一角，去各宿舍转悠。结果，也往往是女生，在她们的云鬓香影里，爽快地拿出钱来，买去一些。那个小伙子，每次过意不去，要请我吃饭。我说，给我本书吧。于是，我得到了许多想要的书。

大学毕业后，我在一所偏僻的山区中学教书。那个小村庄人很少，却有着特有的幽静。尤其是夏日的午后，怀揣一本心爱之书，找一片树林，在凉爽的树荫下，或静躺，或痴坐，或漫步，或低吟，读那心爱之书。时有微风拂过，叶片间发出一阵阵细微的碎响，愈发显得清幽静寂。这时候的人，思想是纯的，心是静的，身体是惬意的，于是更多的时候，会与书融为一体，心脉与书脉一起律动：为美景陶醉，为离合悲情，因人哀喜，随物伤怀。再好的读书日子，就是冬天了。学校给分的宿舍虽小，玻璃却很宽大，常有温暖的阳光洒进来。把炉火捅旺，半倚在被上，一边沐浴着阳光，一边看书，也有着不可言说的快意。那个阶段，读的书似乎并不多，却反反复复地读，读过了，记住了，也真正弄明白了。

后来工作辗转，我一直也没有放下过书。有人说，该扔就扔一些吧，搬来搬去多重啊。我却舍不得，毕竟，每本书上都存有我的影子，藏有我的呼吸，我对它们倾注过感情，牵系过爱恨，又哪能说扔就扔了啊。

有一回，我到南方一家杂志社开笔会，坐了两夜一天的火车。我以为火车上一定乱糟糟，看不了多少书，于是只带了一本薄薄的小册子。然而我错了，我发现，在卧铺车厢里，可有大把大把的时间看书。也正是由于这一回，给了我许多的经验，以后但凡是长途的旅行，我只选择硬卧车厢的上铺，那里虽然憋屈了些，却可以无人打扰地读书。

母亲知道我喜欢书，把我留在家里的书一本一本整整齐齐地压在柜底。有一年我回去，翻检那些书，发现许多已经发霉了。母亲好像突然做错了什么，在一旁不断地说："该晒晒，该晒晒，看，把这些书都霉了。"尽管我不停地说没事，母亲还是满脸的尴尬。可见，在母亲的心中，书于我的意义。

及至现在，晚上睡觉之前，我常常要拿起枕边那本不知翻看了多少遍的《红楼梦》，一点点地读，一点点地品。慢慢地，喜欢上了其中的平儿、探春，也逐渐悟出了贾宝玉身上因"体贴"而生出的人情美，也开始不再看高鹗所续的后四十回。是的，读得多了，就会挣脱先人关于宝、黛、钗说法的束缚，就会读出自己的一些见解来了。鲁迅先生曾说，《红楼梦》中有人情之美，我以为《红楼梦》开篇所说的“大旨谈情”，更重要的就是这个人情吧。

有一回，学生问我博览群书的意义。我说，读书可以“提气”，有道是“腹有诗书气自华”，读书多了，就会流淌出不同凡响的气质气度来。是啊！读书或许并不能给我们带来荣华富贵，但它可以让我们懂得思考，懂得理解，懂得人世间的大美，因而懂得憎恶，懂得感恩，懂得爱，这也就够了。也因此，我认为，书应该是一个人行走在这个世界上，唯一的，也是最好的行李。

尘世佛心（四章）

小鼠

那是闲置了许久的一个柜子。好多书本资料已经被老鼠啮咬成碎片，纷纷扬扬的，落叶一般，积在抽屉里。

他有些心疼。

他把抽屉拉出来，翻转过来，倒掉。一只老鼠突然从纸堆里钻出来，欲逃掉，却蹒跚着，走不脱。

他脱下鞋，想要给为非作歹的老鼠一些教训。

这时，又有几个小脑壳拱出纸堆，身子红而透明，像几截嫩茎一般，是刚出生不久的小鼠吧，正战战兢兢，不知道该走向哪里。

他敛声屏息，悄悄后退了几步，站定。静静地，任由老鼠领着几只小鼠堂而皇之地从眼皮底溜掉。

秋蝉

一只蝉从树上掉了下来。

它在水泥路面上仰躺着，振动着翅膀，想翻转过身体来，但几次挣扎都没有成功。一个小女孩蹲下身子，盯着它看了一会儿。然后，她便很小心地轻捏住它的身子，把它翻转了过来。

路上是来来往往的人。

"秋天了，恐怕它活不长了吧。"是一个大人的声音，含着经历了岁月之后的无奈和苍凉。小女孩缓缓站起来，一转身，把蝉放到路边一棵梧桐粗糙的树干上。

然后，女孩像是回答，又像是自言自语：它还会活着的，你听风中，它们还在歌唱。

伤燕

一只燕子闯入农宅，结果被房梁下高速运转的吊扇伤到了翅膀。

它已经奄奄一息了。住在农宅里的，是一位鳏居的老人，他捧着燕子到村里的医生家。医生摇摇头说，他不会治。情急之下，老人跑到了镇里的兽医站。一个小伙子瞅瞅他手中的燕子，笑笑，摆摆手说，他们只管给狗扎针，不看这个。

老人辗转了好多个地方。最后，没办法，老人把消炎药碾成粉末，小心翼翼地敷在燕子的伤口上。

燕子最终没有活下来。据说燕子死的时候，老人垂泪埋葬，神伤不止。

孤鹅

有一对农民夫妇，在自家的地垄边捡到一只大鸟。

是天鹅。

它受了伤，已经无力随群远去。

夫妇俩把天鹅抱回去，给它治好了伤。放归的那一天，天鹅并不飞走，却在它受伤的那个地垄旁徘徊了许久。

夫妇俩后来从别人那里，了解到了天鹅的生活习性，才知道天鹅大概是在地垄边等它的伴侣。于是，他们干脆在地垄边筑了一间鹅舍。他们怕动物或人伤害了这只天鹅，两人轮流看护着它。

原以为只是几天的看护。然而，事情并没有预料的那么简单。夫妇俩风餐露宿，一直陪伴天鹅等着。

有时候，实在坚持不下去了，夫妇俩就互相安慰着：或许，要等的天鹅明天就回来了。就这样，夫妇俩在地垄边一直断断续续地守护了两年多。

直到，有一天黄昏，一行天鹅从天上飞过，天鹅振翅飞走。

只愿沉溺在这小小的细节里

我一直以为，麻雀是蹦着走的。那天，我看到一只麻雀，它逡巡着，碎步轻挪。那一刻，小小的它，娴静的，像个公主。

我一直以为，麻雀们嬉闹的时候，只会在一棵树高高的枝头，倚着高远的天空，腾挪跌宕，上下翻飞。那天，在一丛低矮的柏树上，我看到它们竟收敛翅膀，紧锁身子，在密密匝匝的叶脉与枝缝里，互相追逐。

这种顽劣，看得我心疼与欢喜。

出去开会，同住一个房间的，是一个素昧平生的人。

没话。

我在看书，他在剪指甲。

他低着头，剪得很慢，尽量让刀口一点点地行进；按压指甲刀时，也小心翼翼的，生怕弄出一点儿响动。

后来，他睡着了。我合上书，静静地，躺在那里，不发出一点儿声响。

那一晚，那间客房的空气中，浮动着，最人性的寂静。

我一直以为，大凡野性的动物，总是要避人的。

然而，它却一直在我们的视线里。在教学楼前一株高耸的针柏树上，它把窝筑在树杈的交会处，产蛋，孵雏，两年多了。每天下课铃响后，学生们都要倚着走廊的栏杆，围着它看，而且，指指点点，评头论足。

它呢，有时候，脖子挺得直直的，眼睛瞪得圆圆的，仿佛很警觉的样子。但更多的时候，它安卧在那里，一动不动，沉静得如入定的僧。

走廊的栏杆与那棵树仅一步，但，它没有怕过。

是的，两年多了，没有一个学生动过它的窝，动过它产的蛋，动过它的雏儿。当一个生命的尊严得到最高敬畏与尊重的时候，这一小步，便成了世界上最美的一段距离。

我该羡慕它，那只安卧着的——幸福的野鸽子。

进门的时候，后边跟着一个扎着小辫的小女孩。

她离我还有两三步远，我扶着门，一直等到她走进来。

她进来后，盯着我看，一脸的纯净。随后，她回过身来，用小小的手，吃力地扶住了门框的边缘。

我说："你要干什么？"

小女孩说："叔叔，你什么时候出去啊？我也想为你开一次门。"

雨后，大街上有许多积水。

驱车走，每当有骑自行车的或者行人经过的时候，我故意开得很慢，慢得几乎要停下来。

我注意到，好多人都会因此而向驾驶室的我投来一瞥。那一瞥里，含着亲切、友善、赞许，以及无上的敬意。

我常在这尊贵的一瞥里，嗅到自身生命的芳香。

喜欢下面的对话，而且喜欢极了：

（热得）出汗了。

哦，吃饭了。

不，爷爷，我说出汗了。

啊？都快一点半了。

搓澡工大哥

认识他，是在几年前的冬天。

那是个周末，我和同事到一家叫“浴泰”的澡堂子去洗澡。“浴泰”是一家小澡堂子，洗澡10元，搓澡10元，20元钱就可以洗一个熨帖的澡，我们经常去。那天，一个身量稍微瘦削的人，在雾气迷蒙中探头进来，问：“哪位大哥要搓澡？”我在澡盆中一举手，高声应了一声“我”。

这是我和他的第一次见面。

就是那一次，我便记住了他。他除了一口一声“大哥”，叫得我很不好意思外，最重要的是，他的厚道让我印象深刻。他搓澡不但力道大，而且细致，边边沿沿都兼顾得到，即便汗流浃背了，也绝不敷衍。不像别的搓澡工，随便糊弄几下，未等你感受得到，便草草结束了。

闲聊中，我得知他是外地人，来自凤阳的农村，而且岁数比我大。我说，我该叫你“大哥”才对。他连忙摆手说：“不不不，出门矮三辈呢！我该叫你。”就因为他的厚道，我执拗地称他为“大哥”，这回轮到他不好意思了，不知道该说什么，只是“嘿嘿嘿”地笑。

但是，生活并没有因为他的实在与厚道而厚赐他什么。据他说，他搓一个澡，老板只给他5元钱的提成。而且，在这里，只管住不管吃，还要承包整个澡堂的卫生。一个月下来，也就不到两千元的收入。我说：“太少了些吧。”他说：“庄稼人，也凑合了。”说完，便又“嘿嘿嘿”地笑。看来，他是一个很知足的人，并不奢求生活给予他多少。

我再去的时候，见他左颧骨上有好几块乌青。我问他怎么啦，他说是滑倒在澡堂的地板上摔的。然而，他解释的时候，脸色并不自然，遮遮掩掩的。我便觉得发生了什么。果然，我从另一个搓澡工口里得知，他是被本地的一个搓澡工欺负了。原因是好多顾客指名让他搓澡，结果影响了那个人的生意，于是打了他。而且，据说如果他不走，这个本地人还要“收拾”他。我不禁为他接下来的日子担心，因为在我想来，一个瘦弱的外地人，在这样的境况下，是无论如何也不好留下来的。

然而，他居然顽强地留了下来。来年春天的时候，我再去，他正在澡堂里忙里忙外地收拾卫生。我问起这件事情，他回答得很淡然，说：“出门在外哪有不受欺负的，那个人欺负过我几次之后，觉得没意思，就走了。”我没想到，他用这种方式“战胜”了欺侮他的人。或许，这就是一个中国农民摧不垮的韧的力量吧。

快夏天的时候，我在大街上看到一个女人和他一块儿出来买菜。他告诉我，这个季节澡堂子人手不够，老板说，有些女顾客也需要搓澡，于是他便把媳妇也一块儿叫来了。我说：“嫂子也会搓澡啊？”他说：“受苦人哪有不会干的活呢？”看得出来，他的脸色比以前明显好多了，皮肤光亮了，也胖了些许，笑容也愈加灿烂了。

他媳妇一直待到秋天收庄稼才回去。本来，他也要回去，老板怕人手不够没答应。他有些闷闷不乐。他说，家里边除了媳妇，还有一位老母亲，以及两个上学的孩子；地里活多，他怕媳妇一个人忙活不过来。有一次我去，他用我的手机给家里打电话，他问了地里的情况，又问了老母亲与两个孩子的情况之后，就急忙挂了。我说：“你该慰问慰问嫂子才对，怎么连一句嘘寒问暖的话也没有啊？”他说：“她知道的，她知道的。我们之间说说话，就等于慰问了。”他说得依旧清淡，但那一刻，我的心里却很不是滋味：这就是一个背井离乡出来打工的人最真实的情感表达方式啊，他们把最深的情和爱深埋在心底，不说出来，留待对方去默默地体味和感知。

后来，他毫无征兆地突然离开了这里。冬天，我再去的时候，搓澡工中便再没有了他的身影。在这样的一个季节，正是搓澡工“挣钱”的旺季，他怎么会轻易走了呢？更何况，他说过他要多挣些钱，为将要考大学的闺女筹划出上学的费用来呢，他怎么会走了呢？我去问老板，老板只是说他家里出了事就走了。至于出了什么事情，老板也不清楚。

他家到底出了什么事情呢？是不是现在已经料理好了？这个小澡堂子会不会突然之间再出现他瘦弱的背影？或者，由于家庭的变故，他是不是已经辗转到了他乡，永远不会再到这个地方来了呢？

这一切，都没有答案，也许永远没有答案了。我只知道，在中国的大地上，有许多这样的农民工大哥，他们辗转在城市与乡村之间，为生活而打拼在社会的某一个角落里，把屈辱、辛酸、汗水、泪水一个人吞尽，用一个男人的脊背撑起家庭的未来以及全部的希望。

他们是让我永恒仰望的脊梁。

被声音偷走的岁月

我到城北的购物广场去买东西。刚上出租车，突然，被一个声音惊住了，三魂六魄，刹那间，被它紧紧抓住。出租车的收音机里，一个人正在播小说，那声音，仿佛是前世的情人，远涉万水千山，在这一刻，抵达了我的内心——熟悉得不能再熟悉！这是谁的声音呢？谁的呢？我搜肠刮肚，竟怎么也想不起来。那一刻的感受，仿佛是昨天还在心中一遍遍默念的一个人，今天相遇了，却一下子叫不上来了他的名字。

这声音，浑厚，有磁性，富于穿透力。我猛然间想起了他播的小说。对了，李野默！我上高中的时候，曾痴心地听过李野默先生播的长篇小说《平凡的世界》。记得，每到中午时分，就会准时响起这样一个声音："听众朋友，请继续欣赏荣获茅盾文学奖的由中国文联出版社出版的长篇小说《平凡的世界》，由李野默演播……”那一刻，远山近水，一下子静寂了下来。我趴在收音机前，醉心地听着，孙少平、孙少安、田润叶……一个个名字，一个个故事，在我的脑海中弥漫开来。那时候，觉得人生中只有一件事、一件天大的事，那就是听小说、听广播。还记得，每到这时候，连饭也顾不上吃，大家都敛声屏气，即便是院子里的猪狗，也静伏着，大气也不敢出。就这样，小说、人物、情节，连同李野默先生的名字，以及他的声音，一同融进了我的生命。

也许，我今天所听到的声音，并不是李野默先生的，因为这浑厚和磁性中，少了一分岁月濡染过的沧桑。是也好，不是也罢，这已经不重要了，重要的是，它唤起了我对过往美好岁月的回忆。

小时候，听过好多小说，《三国演义》《水浒传》《杨家将》《三侠五义》……印象中，说书人不是单田芳，就是刘兰芳。也因此，我羡慕过同辈中一个叫马玉芳的人，羡慕她的名字后边有一个“芳”字，以为她将来也会说书；也暗自埋怨过父亲，为他没有给我起一个带“芳”字的名字。还记得，那时候，收音机的信号不好，听着听着，不是没了声音，就是串了台，而且常常是在“斜刺里冲出一班人马，马上一人……”或者“一刀砍下去……”这些关键时候便没了信号，只好捶胸顿足，无可奈何。

同村里，一个叫二黑小的，他家的收音机最好，从来没有过信号不好的时候。他父亲把收音机放在窗台的一个固定位置上，谁也不让动，只到了播评书的时候，轻轻拧开电门。有一次，二黑小趁他父亲不在，把收音机拿出来显摆，结果，放回原来的位置后，信号怎么也不好了。二黑小被他的父亲狠揍了一顿。后来，属于他家的那个信号最好的地方，就无论如何也找不到了。

现在想起来，听广播那一段日子，真是一段温暖的岁月。那些日子，醉心于每一段评书、每一个人的播讲，他们的声音，仿佛是可爱的贼，窃了我的懵懂心思，卷走了我年少的青春，一股风一样地跑了，而我，竟是那样甘心、痴迷。

人生，能回忆起来的日子，才算真正活过的日子。那些美妙的声音，陪我度过了一个个静寂的中午，以及暮色涌动的黄昏。那声音，是镶在岁月上的金边，为枯燥的生活平添了情趣，也让人生有了不同寻常的意义。

岁月在前，我在后

有一年，我接了高二的一个班，当班主任。头一天，我组织学生调换座位。孩子们纷纷找着自己心仪的同桌，叽叽喳喳，闹腾着。有一个叫李猛的学生，却安静地站在那里，不着急。

我问："你找到自己的同桌了吗？"

他说："我的同桌不用找。"

我不解。

他笑笑说："老师，有一个同学，无论我坐在哪里，他都会成为我的同桌。"

后来，一个叫张三元的学生，成了他的同桌。

后来，我才知道，张三元是一个调皮捣蛋的学生，品行恶劣，没有一个学生愿意和他同桌。

然而，整个高中阶段，与张三元同桌的，一直是李猛。这届学生毕业后好几年，同学们每每说起这件事，都啧啧称赞，说李猛的心胸太宽广了，宽广得可以盛得下整个世界。

这些年，我一直不敢说自己能容人。我的学生李猛，是我心灵的老师，他成了我仰望一生的标尺。

上大学的时候，一次我们出去玩，回来后满头大汗。进了教室，不管三七二十一，我们就打开电扇，“呼呼呼”地吹起来。我们有说有笑，尽情享受着这凉意。

没多久，辅导员进来了。他扫视了一圈，就把电扇关掉了，然后，脸一黑，问谁开了电扇。我们一边举手，一边纳闷，不知道发生了什么。

辅导员厉声说：“自己热的时候，一定要问问别人冷不冷！”说完，他的目光落在电扇底下的几个女生身上。我们才看见，几个女生正用单衫围在腰间，捂着肚子，冷作一团。

自己热的时候，一定要问问别人冷不冷。每年春初，或者夏末，电扇将开或者将关的日子，我也这样问着自己的学生。

大学毕业那一年，我进了一家私营企业。

有一次，随老板进京，到北京的分公司出差。分公司在三环东北角的一处写字楼里，上电梯的时候，进进出出的，都是西装革履的年轻白领。老板指着这些背影和我说：这里边，有许多人都经营着自己的公司，身家上百万，你该向他们学习。

一句话，说得我热血沸腾。

那段日子，我拿出平生所有的能力以及智慧——尽管有限，但还是挤牙膏一样，努力想挤出人生的全部，完美地去完成每一项任务，因为诱人的目标就在前头。

十多年后，我蛰伏在一个小县城，没有成为白领，也没有成为老板。当人生没有更大的目标追求之后，我发现，我非但挤不出牙膏来，而且，连那个牙膏袋也丢了。

我在意的是孩子

一伙自称朋友的人聚会。

先是喝酒，继而是喝茶。客厅里弥漫着异样的亲昵味道，大家都有点儿喝高了，彼此称兄道弟，亲热得一塌糊涂。

男主人笑盈盈地忙上忙下，招待着他的这些朋友。与这边的热闹不同的是，客厅的一个角落里，主人的孩子豆豆，正摆弄着他的玩具，独自玩耍着。

又一个朋友来了。客厅里立刻掀起一个新的高潮。撤下去的酒，又重新回到了桌上。大家又是一番亲热。有好事者，把豆豆也喊过来，指着新来的人说："孩子，快叫，这是你杨叔叔。"其他人随声附和："这是我们最敬重的哥哥，也是你最亲的一个叔叔啊。"孩子怯生生地叫一声"叔叔"，大家都喊一声"好"。然后，斟酒，劝酒，言谈甚欢。

不大一会儿，一个电话打过来，刚来的那个朋友走了。

“姓杨的这小子，据说，又离婚了。”那个朋友刚走，剩下的人中的一个就几分探询、几分肯定地来了一句。

“是。这家伙不是玩意儿。我最看不上这号人。”另一个人附和的语气中，含着强烈的不屑与鄙夷。惹得一边玩耍的豆豆，抬起头来，惊异地往这边望。

“这个人，还奸诈得很呢。搞阴谋诡计，一套一套的！”说这句话的人，仿佛还在某个圈套的寒意里挣扎着，没有解脱出来。

“这个人很自私，只进不出，你都没法和他打交道。”大家你一言、我一语，把姓杨的人，贬得一无是处。

一旁的豆豆，张大着嘴，听得惊心动魄。

有一次……一个人正要举更为生动的例子，男主人赶紧给这个人递了个眼色。这个人因微醉而漾红的脸上，显出几分不高兴，他看了男主人一眼，说：“怎么啦？难道你在意我说他？”

男主人说：“哦，不是。”

“那，你为什么不让我说？”这个人有些脸红脖子粗。

“我是说，这样不好。”男主人无奈地笑了笑。同时，男主人用眼的余光瞟了一下豆豆，似乎想要表达什么。

“那不就得了，你还是在意我说咯。”这个人似乎真的不高兴了。

——突然间，男主人爆发了，他的声音高得有些吓人：

“我是在意豆豆，在意我的儿子，他还小！”

仿佛电闪雷鸣，所有人的目光一下子聚了过来。

男主人显然有些激动，说：“你们知道刚才你们所做所说的这一切，会对一个孩子的心灵有什么影响吗？

“人在的时候，你们哥哥长哥哥短的，勾肩搭背，好得不能再好；人走之后，谩骂讥讽，又坏得不能再坏。一个好人，可以在转瞬之间，变成坏人。你们是否想过，这种舌根底下翻云覆雨的游戏，会对一个孩子的心灵造成多大的影响！大人之间这些虚情假意的虚伪面孔，是会让一个孩子的心灵蒙尘的……”

大家噎在那里，半天没有说一句话。

后来，他们再也没有在孩子面前玩过这种丑陋的成人游戏。因为，他们发现，成人之间的游戏，有时是一根看不见的毒刺，在展示自己的无聊的同时，也会刺伤孩子们纯真的心灵。

许多年以后

许多年以后，春阳温润得像一枚青枣。一个稚童，从春光烂漫处跑出来，奔向一面青灰的墙。墙根下，一猫安卧。左近是一方石凳，石凳上端坐一人，正闭目养神。稚童怯怯地凑过去，轻喊一句“大爷”，被叫的人先是一愣，继而一惊，失口一声“老了”，而后，便满脸满心的苍凉。

这是我不止一次想象过的老境。

我想，那一刻，我一定迷惘得像个孩子。被时光牵着手过了这么多年，这时候，她突然撇下你，大步流星，头也不回地走了。她留给你手心里的暖，像雨后石板上的水渍，刹那间，就消失得无影无踪了。

这是一种被遗弃后的寂寞的苍凉。

一个人，为这一刻准备了好多年，也害怕了好多年。现在，它来了，无论是谁，只好照单全收。

老是有预兆的。

一个秋天的上午，我心血来潮，和学生们一起到操场去上课间操。

是跑步。我跟在学生队伍后边，一圈一圈地跑。

学生们喊口号，“一——二——三——四！”，声音响亮，气势震天。

我想和着学生一起喊，一张嘴，竟然没喊出来！心里想，有什么呢，不就喊个口号嘛。于是，暗暗给自己鼓劲：下一次体委喊的时候，一定要跟着喊出来。

“一——二——三——四！”，体委又领着大家一起喊了。“一——”，我的嘴都张开了，可是这个“一”却卡在嗓子里，半天没有出来。

那一刻，我突然觉得自己老了。

老是什么呢？原来，老就是与年轻人在一起的时候，一种莫名的唐突、一种没来由的惶恐，以及一种说不清的不合时宜、道不明的格格不入。

看来，人就是这么一点点老下去的。就像一棵庄稼，开了花，结了籽，灌了浆，然后，岁月的镰刀过来，“哗——”，一把把你收割了去。

我曾经对着一棵树感慨万端。那棵树，是家乡土坡上的一棵歪脖子柳树。我父亲说，我爷爷在的时候，就有这棵树。现在，我爷爷去世了，我父亲也去世了，可这棵树还在。我是说，我们活不过一棵树。当我们老了、死了，一棵树，还能沉静地站在那里，看这个世界红尘飞舞、命运沉浮。

而树什么也不说。许多年以前是这样，许多年之后，还是这样。

该结束的，在悄无声息地结束。该延续的，还在以自我的方式延续着。

谁都会老的。我在想，当我们老了，那所曾经住过的春暖花开的大房子呢？它会不会像蝉蜕的空壳，因为我们的老去，而发出寂寞的空响？房子里发生的一桩桩鲜活的往事呢？它们会不会像家具上的光泽，被蒙上岁月的灰尘？

曾经的恋情呢？是不是凋落得只剩下了回忆？那些悲辛、酸楚、苦涩、甜蜜，是不是都像风干的落叶，一切的一切，尽在叶脉里藏了，然后，在飘落中，说与秋风，说与流水，说与委身的土地呢？

或者，什么也都懒得去想了、懒得去说了。所有的事，要么让它变成古董，在心底珍藏起来；要么干脆一阵劲风，把它吹得一干二净。

一切都随它去吧。这就是老了之后的洒脱，这就是老了之后的逍遥吧。

老了之后，你会发现，你曾追慕过的好多东西，那一刻，都不值得追慕了；你曾经害怕过的好多人和事，那一刻，都不必害怕了。你发现，你爱的人弃你而去那么多年，你的臂弯里，并不因此而多了寂寞。甚至，你想到了曾经发生过的诸多荒唐事，莞尔之余，你发现，经历这些，原本就是生活赐予生命的五彩的礼物。

老，让你最终看清了一个人，让你最终明白了一段情，让你最终悟透了凡尘世事。其实，人老了，就像经历了战火洗礼的战士，硝烟散尽，你千疮百孔地站起来，一下子懂得了生命，一下子懂得了人生。

我想起了父亲。我上大学的那一年，父亲已经老了。我们爷俩坐在一起的时候，他总说："你还年轻，经历的事很少，等哪一天，（咱俩）喝喝酒，好好坐坐，我把我这多半辈子经历的事与你唠叨唠叨。"我想，父亲是想把他在这个世界上立身处世的一些体会与感受告诉我。可惜，不知道是因为我们没有单独坐在一起的机会，还是因为父亲思量再三决心让我独自体悟人生，总之，他并没有与我长坐，直到后来去世，都没有告诉我什么。

我老之后，能不能体会到父亲当时的心境呢？我是不是也会和儿子促膝长谈，把自己人生的一些感受告诉他，譬如，什么人可以交、什么事不可以做，事无巨细，一一教导给他呢？

老了之后，我对死会是一种什么看法呢？是直面，还是回避？是笑谈，还是畏惧？实际上，这很能考验一个人。我不是基督徒，也不是哲学家，所以无论如何，也都要认真面对这个问题。我在另一篇文章中写道：“人活在这个世上，考虑生太多了，忘记了死是一种必然，于是一旦面临死境就手足无措。牵挂得越多，就越痛苦；创造得越多，就越留恋。他们太想等到一些事情的发生，太想知晓一些事情的结果，否则就死不瞑目。”

及至到了死亡的边缘，我们从本质上感知：人之所以怕死，是因为对另一个世界的不可知；而人之所以不愿死，是因为别人都还活着。

呵呵，不知道那一刻，我是会活得比现在更清醒，还是更迷茫。

夜拥寂寞逢客访

夜里十二点。秋天的夜，一低头，遍地是凉了。

白日的喧闹散去，偌大的办公室，便空旷得有些苍凉。就连空气，也仿佛是个窃贼，凝神敛气的，不弄出一点儿动静。

我喜欢这样寂静的夜晚，坐拥着无边的寂寞。我翻开词典，开始备明天的课。头顶的日光灯，发出“吱吱”的声响，像是没有吸饱水的水泥地。然而，这声响，于我，却是幽静中的天籁，让我在虚无中，感受着这个世界的存在。

就在这时候，你来了。

你一下子跳到了我的词典上，“咚”的一声，声音大得惊人。这多少让我有些猝不及防。也许，真朋友就是这样，不虚情假意、遮遮掩掩的，连招呼也不打，说来就来了。

你一定是从我左近的这扇窗跳进来的。这扇窗外面，是满墙的爬山虎。看来，你的到访是谋划已久的。你藏在爬山虎密密匝匝的叶片后面，单等这样一个幽静而寂寞的时刻，来看我。

哦，我的朋友，此刻，我们之间的距离是如此之近。我和你，只隔着我短促的呼吸。你气定神闲，站在文字的间隙里，抬起头，微微看了我一眼，然后，又在字里行间踱了几步。你在想：这个人，大晚上的，傻乎乎地跟一堆字较劲，一定有着难以言说的无奈与苍凉吧。

我苦笑了一下。看来，你是一个懂得体恤人的朋友。我干脆伏低身子，屏住呼吸，与你对视。

你舞动了一下长长的触须。哦，我是第一次这么清楚地观察你的两根触须：那么细，那么长，像戏台上威风凛凛的将帅们脖后的翎子，又像是被风抚摸着的一缕青烟。一抖，一颤，都仿佛是荡开了空气的涟漪，那么自如，那么轻盈。你是在用这种方式问候我吗？可惜，人类听不懂来自动物的悉心问候，看不懂它们友善的姿势。于是，本来温情脉脉的世界，显得冷漠而苍凉。

我大气也不敢出。

你是深夜来看望我的朋友，我不想粗声大气地吓坏你。这么多年来，这么静寂的夜，都是我独自熬过的。俗世纷纷扰扰，有许多人围绕在周围，却难得心灵的朋友。你来了，我想与你推心置腹，咱们谈一谈，你的悲痛，我的烦恼。

和你比，我是不自由的。大半夜的，你可以随意去拜访一个人。你的生命，隶属于你的心灵。不像我，说实在的，我是为别人而活着的。我做什么，首先会想到别人怎么看、怎么想，却很少按自己的心灵意旨做事。于是，我整日迷失在琐碎而枯燥的生活之中，心灵被俗世的事务所缠绕。每天，我一睁眼，是为芜杂烦琐的事情而醒来的；即便睡下，也会为芜杂烦琐的事情而梦魇连连。

我想活得洒脱。读魏晋名士的文字，常常被他们卓然于世俗之上的言行所触动。他们的特立独行本身，就是心灵在生命旷野中的尽情傲放、盛装独舞。每每读，心中怦怦然，热血沸腾，每每也蠢蠢欲动。但生活像一盆冷水，多少次，兜头浇下来，让我的梦境幻灭。我发现，我来到这个世界上，是为心灵以外的这个俗世而活着的，我的肉体活跃在这个世界上，心灵早已迷失在了时间的深处。

你的生命从春到秋，不过一年，然而，你在有限的生命中，心灵恬淡自由，活出了真我风采。你不需要去为生活不停地奔波，也许，生活对你来说，只是一把青草、几滴露水。你不苛求生活，所以生活为你展示出了所有迷人的风景。人类却不行。人类的欲望太盛，欲望遮蔽了他们的双眼，他们不停地追逐，却很少为自由的心灵而奔跑。

我的心灵之外，是肉体，是单位，是领导，是亲戚，是朋友，是其他熟识与不熟识的人。这么多年了，我在乎他们，却很少在乎心灵；我照顾他们的情绪，却很少照顾心灵的情绪。也许，我的心灵每天痛哭流涕，而我却冷漠到不管不顾。

你突然跳下词典，向前挪动了几步。朋友，看来，你要走了，就像你来一样。你遵循自己的原则，说来就来，说走就要走了。我知道我也留不住你，你能够如此心灵自由，也许就来自生命中这种决绝的精神。这也正是你让我仰望一辈子的精神所在。是的，你不像我，牵挂得太多，考虑得太多，于是，只好在生活中，踟蹰不前，望洋兴叹。

朋友，谢谢你陪了我生命中的这一程，尽管短暂，但在这样寂寞的夜里，我还是感受到了别样的温暖。你要走了，在你面前，我显得很自卑。你走后，我只好用落寞打发这不尽的自卑。

再见了，朋友！你只是一只蛐蛐儿，“咚”的一声，尽管你跳走了，但这种快乐而自由的跳跃声，将会在我的心底久久地回旋。

一张贺卡的欢乐祈祷

中午下班的时候，风很大。小区门口，一个收破烂的，正动作夸张地捂着三轮车上的纸片，仿佛风要顷刻间夺走他的什么宝贝似的。见我看他，他有些不好意思地笑笑，说："天气都这么暖和了，风还这么大。"

他是一个小伙子。蓬乱的头发下，是一张瘦削的面孔。我说："走，我的小屋子里也有些东西要卖。"说完，我前面走了。没走几步，就听得他在后边喊："大哥帮帮我。"原来，他还捂着车上的纸片呢。我只好踅身回去，帮他推车。

我把屋子里的破箱子、废纸片、易拉罐一股脑儿地扔出来，他开始有条不紊地分类整理，样子很熟练。寒暄中，得知他是安徽阜阳人，来这座小城收破烂已经有几年了。他说他考高中的那一年，父亲得了病，家境窘困，交不上学费，他就辍学出来打工，先是去建筑工地干了一年，后来，就干脆跟人收起了破烂。现在，收破烂也不好生活了，干这行的太多。说这话的时候，他一脸黯然。

这一行当的艰难，我是能体会得到的。有一次，我就亲眼看见，一家单位扔出垃圾，几个拾破烂的争着翻有用的东西。“抢”到最后，每个人的手里，也不过是几张废纸片。然而，就是为了几张废纸片，他们不惜弄脏了衣服、弄污了身子——在窘迫的生活面前，他们已经顾不上生命的尊严。

也许是出于这样的怜悯，卖破烂的时候，我从来不看他们的秤，也不愿意为几毛钱和他们斤斤计较。在我看来，能够吃“亏”给他们，这“亏”吃得有意义。

楼道间的风，已经小了不少。小伙子从容地做着分类，我也在整理着——以防一些重要的信件或样报刊被当作垃圾卖掉。我翻出一堆花花绿绿的贺年卡，便有一搭无一搭地重温着贺卡上那些温暖的话语。突然，贺卡里传出一阵悦耳的铃铛声。

“是什么？”小伙子猛地转过头，现出一脸孩子般的好奇与惊愕。

是一个“女孩”——我刚刚打开的贺卡中，竟然“站起来”一个纸折的小女孩，而小女孩的身上，挂着两个小铃铛。

我把贺卡合上，娉婷玉立的小女孩便立刻消失在两片纸里。再打开，伴随着悦耳的铃铛声，那些紧贴在纸片上的彩色的纸条，便又幻化成了小女孩的身体、胳臂、腿，亭亭玉立地站立起来。

“好玩！”小伙子不由自主地发出一声惊叹。“这个你还要吗？”他紧接着问我。“哦，你要这个？”我一愣，对他的浓厚兴趣感到惊讶。毕竟，他已经不是小孩了。

“是的，我要。”

“你要这个做什么？”我还是惊讶。

“这个……我有一个女儿，今年刚上幼儿园，我是说，她一定会喜欢。”说完后，他憨厚地笑了。

“哦，你已经有了一个女儿。”他还是个小父亲，我有点儿意外。

“是，”他腼腆地笑笑，“已经4岁了，在一家私人幼儿园上学。”

谈到女儿，他的话匣子一下打开了。女儿的乖巧、伶俐，以及发生在她身上的有趣故事，他一边讲，一边指手画脚，为我学着女儿的情状。那一刻，我仿佛已经不再是一个陌生人，而是聆听他倾诉的一个亲人或者是一个朋友。

他滔滔不绝地讲了半天，突然，停了下来。仿佛是意识到自己有些失态，他不好意思地说：“对不起，一说起女儿，我就收不住，打扰你了。”

我说：“没事，你的女儿一定很可爱吧？能为你们全家带来了不少的欢乐。”

我的话刚一出口，他的脸色突然间变得有些荫翳，待了好一会儿，他才说：“大哥，不瞒你说，家里只有我和女儿。她妈妈在孩子一周岁的时候，就跟着别人走了，至今也没有音讯。”

那一刻，我的心“咯噔”一下，惊愕在那里……

那天，除了那张贺卡，我把几样玩具一并送给了他。但愿那张贺卡以及几样玩具，能给他的女儿带去欢乐，愿女儿的欢乐能为他带来欢欣。

——愿在尘世的艰辛中苦苦挣扎的人，心底总能有不绝的曙光以及不尽的笑声。

一个词的温暖拯救

那年初秋，单位组团到南方旅游。最先抵达的是杭州。等从杭州游览结束时，已近黄昏。大客向西南颠簸了一个晚上，第二天一早，到了黄山。

整整一宿，我没合眼，下车后，昏昏沉沉，觉得身体有些不舒服。果然，登山后没走多远，我的头便晕得厉害，腿也有些打哆嗦。心里便开始打退堂鼓：下去吧，这样恐怕坚持不到山顶。但，另一个声音随即正告我：好不容易才来一趟黄山，下去干什么？

过了半山寺，上山的路分成了两条。熟悉的人说：右边的路，陡峭而险；左边的路，平缓而易。有几个要好的同事撺掇我：走右路吧，来一次不容易，爬一爬，看看到底有多险。我竟然什么也没说，稀里糊涂地跟着他们走了最险的那条路。

那一刻，我彻底地昏了头。

那条路真是险，路窄，只容一个人过且不说，更主要的是，目之所及之处，全是深不可测的峭崖绝壁，让人胆战心惊。晕得不好站稳的我，不敢往下看，每挪动一步，都战战兢兢。印象中，有几段没有护栏或铁锁拦挡的路，我几乎都要爬着走——那时的狼狈与不堪，可以想见。

到这份上，下山已经不可能了。因为，这条路只有上道，没有下道。求助同事吧，又怕扫了大家的游兴。坚持吧，如果真遭了什么不测，葬身黄山，也算我修来的千年福分——我当时就剩下这么一个念头了。

然而，越往上走，越难走，我也越晕得厉害，紧张得心都快跳出来了。好容易走到了一个稍微开阔的地方，我赶紧靠着一棵松树坐下来，安抚即将脱壳的惊魂。我刚坐下不久，身边不远，另一个旅人也跟着坐了下来歇息。

同事远远地喊我走，我只是敷衍地应了一声。实际上，那一刻，心里连重新站起来的力量和勇气都没有了。坐在那块巨石上，我似乎想了很多，又仿佛大脑中一片空白。冥冥之中，也不知道坐了多久，突然，一个声音在我耳边响起：

“走，咱们走！”

“咱们”？这两个字，就像拨开云峰的一缕阳光，射到我岑寂而慌乱的心田上，陌生，却亲切而又温暖，又仿佛是一双大手，有力地托住了我那颗即将坠落的心。

我一回头——是刚才歇在我身边的那个旅人，他在朝我笑，陌生的脸上写满真诚和善良。他一伸手，把我拉起来，说：

“走，咱们走。”

我也笑笑，说：“好，咱们走！”

说不清是激动还是感激，我把“咱们”两个字拉得长长的。而这两个字，又仿佛带着对方的体温，一下子融入我的胆魄与血液之中；一种近得超越心灵的抚慰，让我陡然增添了一种不同寻常的力量。

看来，在这方寸之地，不仅有巨石、有松树，还有伙伴，有朋友，有“咱们”，有扶持我的力量。既然这样，我还怕什么？一直到天都峰顶，我都被对方“咱们”这个亲切的字眼鼓舞着、激励着。我们虽然没有携手，但在心里，却紧紧地手挽着手。最后，我和他——那位陌生的旅人，几乎是前后脚登上最高处的。站在天都峰之巅，放眼脚下的重峦叠嶂，所有的畏惧和恐慌都烟消云散了。

一晃，这件事已经过去十多年了。十多年间，经历了许多事，也淡忘了许多事，唯有陌生旅人那天籁般的轻唤，以及那个温暖的词汇，一直留在心里，让我难以忘怀。

伍 一颗石子踢回家

草背下的村庄

四野空旷。

正午的河滩出奇地静。除了远处毛豆地里的一只叫不上名字的虫子，伏在大大的叶片底下浅唱低吟外，便只剩了近旁的水声——“哗啦哗啦……”琐碎地流动着。

阳光就在头顶，灿烂地照下来，漫溢在我们下巴以外的周身上。此刻，我们在河滩上，高挽着裤管，手舞足蹈，踩着烂泥玩。春生的鼻尖上粘着一块泥巴，而六娃蛋满胳膊都是、满身都是、满脸都是，只有眼圈还是白白的。

村庄的上空，炊烟已经散尽。大人们都在歇晌，睡不着的也在炕上静静躺着。划破村庄寂静的，是偶尔的一声驴叫，或者是一阵的狗叫。然后便静静的，有时是风敲叶响的声音，有时是云过鸟飞的声音。

大人们都不管我们，他们也不知道我们在哪儿野。

闹够了，六娃蛋一摆手说："差不多了。"我们立刻心领神会，把脚从烂泥中拔出来，几步蹿到道上，趿拉上鞋，放下高挽的裤管。六娃蛋说："咱们走。"

我们便去偷瓜。

这个季节，香瓜熟得正好，就连空气中都弥漫着些香气。我们去偷王老五家的瓜——一村的瓜数他家长得好。瓜地在一面向阳的斜坡上，远远地看过去，王老五正在敞着的瓜棚里躺着，红红的秋裤簇拥着他硕大的两片脚丫子。

我们伏在半人高的蒿草里，一寸一寸地向前爬，每前进一步，就熄灭一片虫鸣。蚂蚱觉得我们可笑，在一边学着蹬腿。最可气的是野蒺藜，极轻巧地穿过衣服后，就"咬"你一口。可我们谁也不喊出声。

离瓜地很近的时候，我们便等。一群一群的蚂蚁在瓜地里自由出入；甚至还有一只田鼠，领着几个鼠子鼠孙，绕过一棵树，堂而皇之地就进去了。它们都比我们自由。头顶上，还有一只大头黑蚊子，矫健地俯冲下来……但我没有动，我的眼睛死死地盯着一个黄而发白的瓜。

我知道，这样的瓜脆生，且甜。

很快地，瓜棚后就有狗叫。战斗打响了。王老五猛地蹿了起来，似乎他的头撞了瓜棚上的檩条。他发现了六娃蛋，就一溜烟儿地追了去。趁着王老五追六娃蛋的空儿，我们赶紧爬起来，一窝蜂地冲进瓜地，脱下汗褂，摘瓜，摘瓜，摘瓜……不一会儿，各人的汗褂里都装满了，便一起喊："跑！"我们便没命地逃了。

一口气，我们就跑到了对面山上。

我们等着六娃蛋，他是功臣，他不来，我们不吃。大家等啊等，春生靠着土坡竟睡着了，粘在鼻尖上的泥巳经掉了不少。这时，村庄已经醒了，大人们开始下地干活，牲口也在动，一头驴跑在路的最前头。

大家开始饿得额头不住地冒虚汗。不知谁提议："吃！"我们便"噼里啪啦"地砸开了所有的香瓜，挑拣着好的，狼吞虎咽地吃起来，直到个个肚子溜圆。

我们又等了一个下午，六娃蛋没来，我们便怀疑他被逮着了。大家心里开始忐忑不安，想着回去如何应付父亲的一顿揍。

天刚擦黑，我就进了家门。父亲像往常一样端着碗在炕上喝稀粥；母亲斜跨在炕沿上，她一边让我赶紧吃饭，一边顺手拔去了扎在我汗褂上的几颗野蒺藜。

大爱在鞋底上朴素穿行

这年秋天，田里的莜麦刚收过半，地里的活就全扔给了父亲。母亲白天在场院里切谷穗，晚上便腾出手来干些针线活。她从后炕的炕席下找出鞋样的时候，是个傍晚，父亲正好推门进来。

父亲刚刚卸完一车莜麦，身上到处是莜麦芒子。他一边用笤帚打扫身上，一边笑着对母亲说："又给孩子们做鞋啊。"

母亲没说话，低头整理着鞋样。

"给孩子们做厚实些，省得一到冬天就把脚给冻了。"

母亲认真地翻整着一摞鞋样，没有搭理父亲。

父亲说："给你也做上一双吧，穿了这么些年了，你的那双准也不暖和了。"

母亲做鞋，父亲爱给她打下手。母亲粘鞋底的时候，父亲就坐在母亲的一边，帮着她从针线笸箩里挑拣合适的烂布头，然后一块又一块地递给母亲。

父亲一边拣布头，一边和母亲唠嗑，内容全是关于家庭、农事、土地、墒情和阳光的。父亲絮絮叨叨不停地说，母亲只是静静听，有时也有一搭无一搭地应和着。直到夜很深了，母亲粘好鞋底，父亲才住了话。

母亲打过一个呵欠，说“睡吧”，父亲便跳下炕到院里去插门。

回来后，父亲说：“把鞋底子压在我的褥子底下吧。”

母亲说：“没事。”

父亲说：“你的腰一受潮就闹毛病，还不注意点儿。”

母亲说：“没事。”顺手就把一双鞋底子压在自己的褥子底下。

第二天起来，母亲叠炕，意外地发现昨天明明压在自己褥子下边的那双鞋底子，竟跑到了父亲的褥子下边。

母亲就看了一眼父亲：父亲正专注地坐在灶火膛前烧火煮饭，一片火光正映得他的额头红红的。

被火热的炕烫过，被父母的体温暖过，鞋底子逐渐干透了。父亲把鞋底子在炕沿上“哐哐”地磕上几下，便交给母亲说：“行了。”

接下来便是纳鞋底子。

这时，父亲就从房梁间取出个纸包来，掸去上面的灰尘，展开来，是几本陈年的旧书，有《水浒传》《三国演义》《三侠五义》《敌后武工队》等。父亲随意地拿出其中的一本来，便趴在煤油灯底下看起来，偶尔也给母亲讲上几句。但更多的时候，屋子里静悄悄的，只有麻线穿过鞋底子的“哧啦哧啦”的声音。

父亲看着看着，突然想起了什么，爬起来四处找着什么。后炕……被窝垛上……父亲是在找衣服。找到后，父亲过去把衣服搭在母亲身上。母亲说：“我不冷。”父亲说：“夜深了，别着凉了。”然后，父母无话，父亲就接着看他的书。

母亲纳鞋底子到什么时候，父亲就一直看到什么时候。直到母亲把针往鞋底子上一别，说“睡吧”，父亲才在书边掖上一角，匆匆地跳下炕去插门。

纳鞋底子是个力气活，有时候母亲实在有一针拔不过来，父亲就爬起来帮忙，母亲便在一旁静静地等着。拔过针的父亲有时兴起，也想纳上几针，母亲一把抢过来，说“还是看你的书吧”。父亲朝着母亲“嘿嘿”地笑过，便趴在炕上继续看他的书。

屋子里，只有“哧啦哧啦”的麻线声。

父亲嗓门好，在大队的剧团里唱过二人台、山西梆子。父亲不愿看书的时候，就躺在炕上轻轻地哼些《走西口》或《挂红灯》的唱词。父亲的声音有时婉转，有时悲凉，极低沉地在屋子里回荡着。母亲依旧纳着她的鞋底子，只是偶尔抬起头来，若有所思地看上一阵子父亲。

母亲在想戏台子上一招一式的父亲……

这年秋天，母亲就做了三双鞋，一双是我的，一双是姐姐的，另外一双大的，是母亲做给父亲的。

打平伙

雪，就开始下起来。

大人小孩各自散坐在自家的那盘热炕上，看着窗外无声地飘雪。

半天的工夫，雪依旧没有停下来的意思。最先便是男人们闷不住，跳下炕，脚往笨重的毡疙瘩鞋里一伸，“咚咚”的声音过后，男人在落满雪的院里一闪，就消失了。

小时候，我总是盼着父亲在这样一个有雪的天气出去。因为走出去的父亲，大抵要和别的家走出去的父亲们在饲养院的那个破败的屋子里聚了，说笑的当儿，忽然一个人提议：“咱们打平伙吧”，所有的人就心照不宣地答应了。

于是，说定了杀谁家的羊，以及除去肉，头蹄下水怎么分配。一切都讲妥了（当然，钱是均摊了），一伙人就浩浩荡荡地向杀羊的那一家进发了。记得有一次是在王大发家。王大发家在山坡上，大人们在雪地里摇晃的身影，以及毡疙瘩鞋在雪地上“嘎吱嘎吱”的声音格外清晰。突然，一个大人滑倒在半坡上，一只鞋子甩出去了好远，那人露出的大脚趾从袜子的破口处顽强地钻出来，红红的。王大发就指着滑倒的那人脚趾头对那人说：“瞧，它比你还急。”大家就都“哈哈哈”地笑。

除了偶尔的几声驴叫，雪中的村庄出奇地静。四野里，只有野兔迅疾地飞奔。

羊从圈里拉出来的时候，似乎就预感到什么，挣扎得很厉害；眸子深处，跳跃着一种恐慌。大人们并不管这些，七手八脚地上去就把羊按倒在地了。羊从来是软弱的。当雪地上突然间残忍地盛开几朵红色的小花时，羊逐渐停止了挣扎，眼睛的光也暗淡下来。大人们才一松手，个个如释重负般地站起来。

可是，在一个小孩的内心深处，这是多么残忍的行为。

雪分明有了停下来的迹象，天地之间一下子亮了许多。坡梁上，大人们嘻嘻哈哈地说笑着，他们似乎并没注意到刚才失去的是生命。他们的声音大得张扬，完全掩盖了刀子行进的响动。只有远处的雪地里，那一片被雪覆盖的草地，面色凄然。

各家的孩子差不多都来了，有的还拿来了家伙，大抵都是大小各异的盆子。不大的院落漾满生气，甚至其中杂有吞咽唾沫的“咕咚咕咚”的声音。最后，王大发把那张羊皮往羊圈的里墙上平平展展地一贴，各家的盆里就多少有了鲜嫩的羊肉。

没有人注意到圈里的羊对那张羊皮的感受。

孩子们跟在大人们的屁股后边，趾高气扬地散了，我也在其中。但我还是忍不住朝羊圈扫了一眼：羊们个个很平静，只有其中的一只仰着脖子，似乎在盯着院子近旁的一棵杨树。树上并没有雪，两只麻雀在自由地上下翻飞。

人很快就能忘记一些东西。我在吃羊肉的时候，就全然忘记了羊的挣扎和痛苦，连我的父亲也是这样。甚至吃完之后，我有一次拉着父亲的手问，什么时候还能打平伙，父亲不说，只是朝着我笑。

打平伙杀羊的时候居多。有一次，还是打平伙，大人们把羊从圈里牵出来，结果看管不紧，羊从院门栅栏的一个缝里跑了，于是大人们赶紧去追，但三追两追，羊就没了踪影。大人们把村里的每一道沟梁都翻遍了，包括极隐蔽的树坑，或者是躲雨的土窝窝，还是没找到。

大人们回来后，个个叉着腰，站在院里纳闷。

而我从这件事以后，就不再盼望着父亲去打平伙了。

一颗石子踢回家

我说："踢就踢。"

云过后，又有几绺活得很健壮的阳光，从窗户纸的破洞挤进教室，跌散在地上。其实，我的这句话说得很神秘，只是嘴唇微微地动了两下，声音实在比一只蚊子的歌唱高不了多少。我是说给李拐头听的。没承想，李老师脸部的肌肉猛然如峰峦一般聚集，狠狠地说："上课谁也别说话！"接着，严厉的眼光便鞭子一样抽过来。李拐头突地把脖子缩了一下。我躲不过，脸就燃烧了好一阵子。

李老师的耳朵奇小，蝙蝠样，但生活中的任何风吹草动都瞒不过他。批评完我和李拐头后，李老师歪了歪身子，从窗户的几孔破洞看出去，样子是在瞧日头。我们都高兴。他做出这个姿态的时候，一般就要放学了。果然，他径自走了出去，接着便起了一院的钟声。教室外空地上的几只麻雀，大约是受了这残破的声音的惊吓，扑棱棱地飞起，盘过一个旋后，落在树叶深处。树枝顶上，大约还伏着一些东西，此刻正悄悄把云彩一把一把地抓过来，然后，又玩世不恭地，一片、两片，闲散地放飞。

我猜想，这一定是风。

钟声落尽，我和李拐头从教室出来，李拐头在前面，我在后边。李老师看我们像一群小鸡一般走出来，说了句“各回各家吧”，就赶紧把头缩进屋里。日头正毒着呢，看来他也不想把自己晒干巴了。刚才，还在教室的时候，李拐头就问我放学后是不是还踢石头玩，我就很干脆地应了一声。

我还怕你李拐头?

学生们很快散尽，院子里只剩下了阳光；有一些风，也只高高地刮。我们开始踢石头。那些年，一些游戏已经被大人们抢先玩尽，而另一些游戏又故意躲在我们身后，不让我们发现，于是，我和李拐头就一直玩着这种踢石头的游戏，一人踢一块，“咣啷，咣啷”，从学校踢回家。

还是李拐头在前面，我在后面。李拐头患有小儿麻痹，一条腿拐着，挺平的一段路，让他走起来也一高一低的不像个样。李拐头从书包里掏出一块石头，圆圆的，鹅卵石样，顺势扔在脚前。我没有李拐头活得认真，就随便从地上捡了一块，结果是块土坷垃。土坷垃最踢不得，踢不了几下就得碎了，我得给自己选一个耐久的目标（谁也不愿意一段路，踢着踢着，目标突然像梦一样碎了，然后重新确定一个目标去踢）。实际上，等我终于找到一块合适的石头的时候，李拐头已经踢走了很远的一段距离。

看来，不事先做好准备，总要吃些亏。

学校有用黄土夯起的两座门墩，没事的时候，我们常骑在上面玩，结果门墩矮下去了不少。其实，即便我们不去骑它，风雨也得骑在它上面，来一阵风，再下一场雨，也就差不多了。我们为啥把这个便宜给风雨？李拐头一条腿不听使唤，还一天能爬上去两次，更何况我们这些好人。其实，有一些东西一天天地变小、融化乃至消失，都是岁月的事。岁月一天天把它们变老，变得残弱不堪。然后，岁月往后一躲，把责任推给人。

我和李拐头就从这两座门墩踢起。一般踢回家，正好父母从地里回来。再玩一会儿打石头，差不多就吃饭了。我们一般不使大劲踢，真要是一脚踢回家，剩下的时间就得苦苦熬过——谁也不想把一件事做得那么没意思。所以，我们彼此心照不宣，有一搭没一搭地往前踢。许多年以后，我在生活中，能过得不紧不慢、不温不火，而又能游刃有余，大约就得益于这踢石头的游戏。

街道两边静静的。这会儿，人和牲口都在地里，剩下些老弱病残的，即便叫上一声，也弱弱的，打不起音来。我们的耳朵习惯了听宏大熟悉的声音，比如驴叫、狗吠、麦浪的涌动、镰刀的行进等，而这些在暗处挣扎的声音就不容易听得到。

我们踢到供销社的时候，大人们开始零星地回来。村庄开始有一声雄浑的驴叫，一阵隔年的尘土也纷纷扬起。鸡见着主人归来，“咯咯咯”地赶紧把蛋下出。总之，村庄开始洋溢着一些生气和情调。我和李拐头还是不紧不慢地踢着石头，因为我们的父母总是要赶到最晚才回来。那些年，父母总是算错了账，他们以为晚点儿回来就比别人多干了活。其实，半下午的时候，别人已经在地里忙得热火朝天了，父母却还在炕上姿态张扬地歇晌。

路过供销社，我得绕远些——里边那个站柜台的高飞总是逗我。这么白白净净的一个人，总愿意和我这样一个小孩子玩。

过了供销社的门，往前踢了一截，我一看高飞没出来，正高兴着呢。一抬头，高飞兀然地横在了我面前，他双手挡住我，说：“你这回跑不掉了。”我一下子惊慌失措，像突然闯进网中的一条小鱼，绝望而满心充满着挣扎。许多年之后，我一次次地在梦里重复着这个场面，每一次我都快逃脱了，梦就突然醒来，让我空空地伤心一场。高飞嬉笑着，脸上洋溢着某种阴谋即将得逞的深沉和庄重。我说：“你想干甚？”高飞不说，只是阴阴地笑，双手几乎都落在了我的肩上。我心里说“完了”，就势往地下一蹲，看到了我踢的那块石头。我突然把那块石头紧攥在手里，猛地站立起来，扬起那只攥石头的手，说：“你敢！”

高飞退了一步，双手在脸前乱舞，说“别打别打”，姿势像投降。在他招架的工夫，我赶紧从他的包围中冲出来，跑到离他很远的一段地方，停住，然后把石头一扔，继续往前蹋。我一抬头，附近已经没了李拐头的踪影。往远看去，李拐头正在一块大石头上蹲着朝我呵呵地傻笑。更多的时候，我们在生活的深处走着走着，落在了一些人的后边，不是别人走得太快，而是我们常常陷入一些琐碎而无聊的陷阱，你拔脚的工夫，别人就超过你去了。我连李拐头这样一个腿脚不灵便的人都赶不上，就是这样。

高飞没娶老婆。他在我们村生活那么多年，一直把自己像一个谜一样地捂着。他是外地人，没有人知道关于他的更多历史。他故意把谜底放在生活的背面，然后把谜面落落大方地展示给别人，让人们猜着玩。那时候，村里人都战战兢兢地猜着庄稼地这个大谜语，只是偶尔猜一猜人的谜语。人们猜想，这么白白净净的一个人，又站着柜台，居然孤身一人活了那么多年。

我和李拐头的家都在西山坡上，拐过供销社，再往前一截就是。我们一村的土坯房子散落在两面土坡上，样子古老而又呆板。我和李拐头的家伏在土坡深处，矮矮的，情状温馨。很远看过去，李拐头患肺病的三姐正站在一截土墙上，往南山梁瞭着。南山梁，我和李拐头最熟悉，我俩在那一片坡上暗自掏了许多的田鼠洞口，这儿掏一个，那儿掏一个，我们想迷惑一下田鼠，好让它在人的追赶下急跑，然后误入一个洞口后，猝不及防地撞死在洞壁上。结果，那些年，我们帮了田鼠的忙，整个南山梁成了一座巨大的迷宫，田鼠扶老携幼，旁若无人地自由出入，人却更加奈何不了它们。到了最后，实际上是自己把自己给耍了。南山梁除了这些数也数不尽的鼠洞，实在是没有什么。李拐头的三姐每天都往南山梁上瞭着，她到底想看清生活深处的一些什么呢？

我和李拐头继续往前踢。

那些年，安徒生离我们远远的。我们的童话都压在山坡上的一块石头底下，或者藏在河滩上的一堆烂泥里。我们有时候爬上高高的崖头，从洞里也掏出一些童话。可上学的时候就没有这么自由了，只能玩一些简陋的游戏：踢踢石子，捉捉迷藏，爬爬高处，或设计悄悄地把谁蒙一个下午。那些年，人们活得很简单，但简单中充满着欢乐。我们的学校在沟里头，一排破房，屋瓦约略是被六娃蛋和二黑小掏鸟窝时扔掉的，左近的旗杆是善于爬高的四蟋蛄磨光溜的，门墩是我和李拐头骑着磨掉的，钟破掉的一个大角是李炮被蒙了整整一个下午后泄愤砸掉的。总之，学校的一草一木都留下了我们破坏的痕迹。二十多年后，当我从平原回到故乡，那一排的教室已经荡然无存，几家新瓦房建起来，不时从里边探出几个女人怪怪的面孔，后来才知道那是比我还小上一些的童年伙伴们娶的媳妇。一家女人正在院子的一角切谷穗，她干活的地方许多年以前是教室的拐角，李拐头在那里撒过尿。

我们踢上坡的时候，正好碰上李拐头的父亲赶车回来。他的父亲说："你个贼子子，又踢石头了！把鞋踢烂了，你就光着脚走！给你！把车卸了，把牲口饮一饮！"李拐头颓然地从他父亲手中接过鞭子，赶着车走了。

就剩下了我一个人。恍若梦一般，好多时候踢着踢着就剩下了我一个人。我一回头，我一转身，身边没有了李拐头，我孤身一人行进在路上，天地一下子空阔苍凉了许多，并且踢石头的时候我开始变得没了准。有时候，我踢回家，父母还远在从芦草沟回来的路上；有时候，我踢回家，父母早已走掉，只在锅里给我留下些吃食。而且有几次，我差点儿迷失了自己。还有一次，我踢着踢着，竟上了东山坡，一发力，石头打碎了二梆子家的一块玻璃，被人家骂了个臭死。总之，缺了李拐头，一切都乱了。起先，我一直把他当作我的敌人，我暗暗地和他较劲。我学习比不过他，我希望在踢石头上赢他。但没了他，我竟然连石头都不会踢。难道，冥冥之中，在我们的生命中是必须有着一个对手的？

李拐头的生活越来越往一个暗处走着，他的父亲可能在生命中走得太快，或许在那些年的夏天猛烈地跑在别人的前边，结果他的秋天提前来临了。一大家人，如果顶梁柱开始吃不上劲，日子难免就过得暗暗的。刚开始的时候，李拐头还不懂这些。后来那一天，准确地说是一个阳光灿烂的上午，李拐头黯然地和我说："以后，我不能和你一块踢石头了，我得回去担水去，担完水后还得放牲口。"

这石头说不踢就踢不成了。

于是，好多时候，我只好一个人踢回去。踢到家后，我随手就把石头扔在大门口的粪堆上，然后坐在房檐下等着父母回来。有好几年，父亲在春天解冻的时候，把冻粪送到地里去。暖和了之后，过不了几天，他从地里转悠回来，就唠唠叨叨地骂：也不知是哪家的贼子子在地里扔了许多的小石块！那时候，我也忘了自己曾经每天往粪堆上扔踢过的石头，等到春天父亲把冻粪送到地里，一切融化之后，便就剩下鸡蛋大小的石头。我和父亲在那几年春暖的时候，总要起个大早，偷偷地埋伏在地垄深处，想逮一个扔石头的贼子子，结果，田野里除了微冷而干的风之外，就只剩高天上的几颗星星了。过了多少年之后，我突然发现自己在岁月当中犯了许多可笑的错误的时候，就突然地变得惶恐起来。我实在不知道，我手里正在做的这一件，到了若干年之后会不会也是一个愚蠢的错误。

后来，猛然有一天，我提出要和李拐头再玩一次踢石头的游戏，李拐头一翻书包：他的那块石头早已丢了。